苗條！嬌小！無業界經驗

優娜沙（1X）

T:149 B:74(A) W:52 H:77

苗條	嬌小
無業界經驗	可愛型

有象利路

Illustration かれい

賢勇者

Great Quest For The Brave-Genius Sikorski Zeelife

艾達飛基·齊萊夫的 啟博教覽痛 2

～愛徒沙優娜與這次先放你一馬～

Kadokawa Fantastic Novels

GREAT QUEST FOR THE BRAVE-GENIUS SIKORSKI ZEELIFE

Contents

THAT WAS THE ORIGIN OF
ALL TRAGEDY.

都是因為各位讀者，
作者和編輯才會
繼續惡搞出了第二集！
請各位負起責任！
負責任！

沙優娜

有趣的作品大致上分成兩種。

人人都討論的作品，以及人人都避而不談的作品。

會被討論的作品特徵單純。

聲稱喜歡該作品就可以交到朋友，接受度高，大家都知道——

所謂的流行文化娛樂便是這麼一回事。

另一方面，人們避而不談的作品則剛好相反。

公然表示喜歡該作品恐怕會被懷疑品格、被數落噁心、

被投以狐疑而覺得奇特的眼神，以及被迫面對鄙夷的臉色。

儘管有這些隱憂讓人嚇到漏尿，讀者們還是會反覆玩味，

彷彿少年時精讀從河岸或草叢撿來的皺巴巴黃色書刊那樣，

終淪為有梗積在肚子裡，想聊又苦無對象可聊的次文化娛樂。

——本作不折不扣屬於**後者**。

我們是從何時沾染了流行文化的習氣？

難道我們以前就不曾拿著低級的作品四處傳閱，

就不曾當過沒品狂笑的臭小鬼嗎？

有本自稱輕小說的「奇物」，

可以讓我們痛感這一點——

榎宮祐

（作家／插畫家。代表作為《NO GAME NO LIFE 遊戲人生》（MF文庫J）等。）

賢勇者艾達飛基．齊萊夫的
啟博教覽 痛
～愛徒沙優娜與這次先放你一馬～
有象利路 Illustrationかれい

萬分感謝榎宮老師♡
（有象利路＆責任編輯）

第八話◎出入口與徒弟

鮮有人曉得，越過號稱迷宮最難關的「慾望樹海」後，盡頭就是整片遼闊恬靜的草原，若帶著半吊子的覺悟闖關，就連老練的冒險者也無法從此等魔境生還。跋涉的路途，正如同一場賭上生命的挑戰。

既然如此，會知道那片草原上孤零零地蓋著一棟房子的人，究竟有多少呢——（※以上全由上一集複製而來）

這間獨棟民宅住了兩個人。其中一人留著明顯分岔的銀色長髮，是個纖瘦的俊美青年，世稱賢勇者的艾達飛基・齊萊夫。另一人則是賢勇者的唯一一位徒弟，有著一頭美麗琉璃色秀髮的少女沙優娜。

接受家中訪客的委託並加以解決，就是他們倆營生的方式。

那麼，要提到艾達飛基和沙優娜目前正在忙什麼——

「沙優娜！請妳快點把屁股朝我露出來！來吧！」

「我絕對不露！老師要這麼說的話，自己把屁屁露出來不就好了！」

——他們倆正手持棒狀物，在短兵相接的狀態下一邊角力，一邊伺機進攻彼此的後庭。

「原本或許應該那麼辦沒錯！不過，既然這是我的發明，由我自己來評比的話，內容就有可能出現偏頗！那非我所願！」

「不，請老師對露屁屁的行為感到排斥啦！」

「我倒希望妳別對露屁股的行為感到排斥！」

「拜託老師別一臉正經地將錯亂的價值觀強加給我！」

沙優娜發現自己的衣襬被艾達飛基抓住，使使出全力將對方的小腿踹開。接著沙優娜順勢繞到艾達飛基背後，並且拿手裡的棒狀物對準師父的後庭捅去。

「老師，請覺悟吧啊啊啊！」

然而——艾達飛基閉緊括約肌，藉由屁股奪白刃的方式擋下了徒弟這一擊。面對緊實度可稱驚人的抵抗手段，先服輸的是力氣孱弱的沙優娜。

「唔……！捅不進去……！」

「妳想得太天真了，沙優娜。而且妳能繞背——就代表妳也會被繞背。」

「我聽不懂老師的理論啦……唔啊！」

有陣衝擊竄過沙優娜的臀部。猛然一看，為師的理應握在手裡的那根棒狀物，居然憑空消失了。難道說——如此心想的沙優娜將視線轉到背後，就發現棒狀物透過轉移魔法穿梭之後，來勢洶洶地插向她的後庭。

不過，沙優娜也有身為女主角的骨氣。她無形中從師父的發言感受到事有蹊蹺，就預先夾緊屁股，因此大本營尚未被攻破！

「等……老、老師……等一下，這東西力道好強……！」

「原本我想等妳露出屁股之後再插，錯就錯在妳要抵抗。上一集曾經稍微提到，妳身為徒弟，對我從事的研發就要絕對服從，沒錯吧？」

「貞……貞操……！要撐住……我的女主角之力（ZERO）！」

「那麼——我要長驅直入嘍。」

徒弟咬緊牙關，賭上自己的女主角生命拚死拚活地抵抗。對此艾達飛基則無情地彈響手指頭，準備要加強火力。

「你倆在搞什麼……」

然而，攪局者出現使得這對師徒分神，兩個人同時轉頭看去。有根棒狀物從沙優娜的臀部滑落，滾到了地上。原本主堡恐怕再過兩秒就會淪陷。

「哦，這不是配角尤金嗎？沒想到你來了啊。」

「我希望實質上為本集第一話的這篇故事由身為常態班底的老師跟我來忙就好，只能算準班底的尤金先生還是請回吧……趁旁白尚未描述你的外表之前。」

「咱是個身強體壯，還有著深棕色頭髮的行商青年。你們說說這是在搞啥好嗎？」

艾達飛基的童年玩伴尤金硬是靠臺詞先發制人。尤金帶著一副半傻眼半焦燥的表情，伸手撿起掉在地上的棒狀物。

「坦白講，尤金。我打算把那東西插進沙優娜的屁股。」

「簡單說呢，我想把那東西插到老師的屁屁裡。」

「你倆互插屁眼是可以領什麼獎品嗎？」

棒狀物的尺寸與長度，大致等同於黃瓜，前端形狀有如香菇的蕈傘。其顏色為桃紅色，質感光滑，尤金只看一眼就懂了。

「阿基，你這不就是按摩……」

「這東西叫做『倍震(vibe)』，是我根據異界知識製作出來的。」

「不對吧，這說穿了就是情趣按摩……」

「對了！老師，我想到折衷方案了！」

「唔嗯，尊重徒弟的靈感亦屬為師之責——那麼就由我來按住尤金的身體吧。」

趕在沙優娜把點子提出來之前，艾達飛基似乎就已經會意，還打算制伏尤金而逐步向他逼近。然而，尤金具備行商者不該有的傲人戰鬥力，單純互毆可以凌駕繼承了賢者及勇者血統的艾達斯基。他隨手就拿「倍震」揍艾達飛基，還順便一棒打在沙優娜的腦門上。

「你們這對笨師徒未免太好懂了吧。先給咱交代前因後果啦。」

「被、被看透了耶，老師……！我的要插就插尤金先生大作戰……」

「不得已，扔個『無效券(Nippless)』幫他把時間軸倒回去吧。」

※「無效券」：就是指場景轉換時出現的「＊」喔！

＊

「您不覺得將東西塞進屁眼……是件很美好的事嗎？」

在會客室裡，有個打扮高貴的青年緩緩抛出話題。青年的髮梢捲得像在打轉，舉止也有格調，一看便能知曉他出身高貴。

「…………」

但他無庸置疑是個怪人……而且是個變態。沙優娜只聽一句話就領悟到這項事實。

「啊，不用回答在下也能明白。所以呢，談到這次的委託——」

青年是委託者。他想借重艾達飛基身為賢勇者的能力，才會來這裡拜訪吧。沙優娜深深明白那一點，卻在聽見發言內容的瞬間就對他白眼相看。

「——在下想請偉大的賢勇者幫忙尋找，有什麼合適的東西放進在下的屁眼感覺會恰啊啊啊啊啊啊啊啊恰好！順帶一提，目前菊花裡塞著剛採的茄子！」

「——恕我們拒絕這項委託！應該說，請你原地向後轉然後滾回去！」

「妳這樣不行喔，對客人不禮貌——抱歉，未能及時問候。我叫艾達飛基．齊萊夫……世人姑且稱我為賢勇者，而她是我的徒弟沙優娜。今日有勞尊駕專程來到這窮鄉僻地，實在不勝感激。這一趟很遠吧？」

「不用擔心！畢竟我也喜歡出外走動！不過，我熱愛的事情是將東西塞到菊花裡！而我名叫『賈布菫』！在『史乎公國』治理『托圖領』的我正是一般所謂的貴族！請多指教！」

青年——賈布菫一邊露出和氣笑容，一邊要跟師徒倆握手。沙優娜不理對方，艾達飛基則簡潔地道出他的身分：「換句話說就是領主大人嘍。」並給予回應。

「——我對賈兄的委託內容有所掌握了。」

「老師又這樣隨便跟人稱兄道弟……」

「可是，賈兄為何會提出這種委託，可否容我請教其中緣由？畢竟要找塞在菊花裡可以感覺恰恰好的東西——說來並非尋常之事。」

「說穿了就是異常癖好者吧？」

「不愧是賢勇者大人！明明屁股有縫……談吐卻天衣無縫！」

「我絲毫不認為這算什麼高明的讚美詞。」

沙優娜冷靜地表示嫌棄，但是對賈布堇完全不管用。

「那就容我道來吧！沒錯，那是在一個滿月皎潔高掛於夜空的晚上！難以成眠的我眺望明月之美，突然就興起某種念頭：咦，總覺得菊花裡癢癢的！情思泉湧的我拿了房裡擺的燭臺，試著用前端一插！奇哉怪哉，我居然感到通體舒暢！」

「唔嗯，也就是說賈兄在睡前興起叩新性癖的門，結果就全面啟動了。」

「老師有必要繼續探討這件事嗎？」

於是，賈布堇如實感受到這條路正是自己想走的路以後，似乎就一直在追求可以跟自己後庭完全契合的物品。然而，即使他持續嘗試各種物品，至今好像依舊遇不見自己所要的，苦惱到最後就來拜訪這裡了。

「啊，順帶一提。我從世界上找了太多東西不停地嘗試，結果就把領民繳納的血汗稅金統統敗光了！哎呀～哈哈哈哈！這都是些細枝末節！」

「老師，這傢伙對自己的領民施以苛政！他是爛領主啊！」

「為了填補自身的空洞而拚到紅眼，結果卻讓領地的財政狂瀉不止……」

「是的！因為如此，這項委託說來也有替我擦屁股的面向存在！」

「總不能永遠欺壓百姓給自己造成後防空虛之虞，這件事意外要緊呢。」

「我開始覺得吐槽你們的對話就輸了，連見縫插針都不行……」

「見縫插針……妳插的是針？噢，原來這位女士亦為同好嗎！」

「別看她長得一副可愛的臉，其實很會玩喔。」

「請你們別什麼詞都往屁股想好嗎！還有我單純只是可愛到不行而已！」

應該說，不要光思考插什麼東西到屁股裡才對啦——儘管沙優娜想這麼反駁，可是話一出口便被老師責怪很顯而易見，因此只好作罷。用對方心目中最理想的形式完成委託，這便是賢勇者艾達飛基的信條。

「話說賈兄。你目前似乎也插了東西在裡面……記得是茄子來著？」

「等……老師……別深究那一點啦……」

「深究……要深是嗎！沒錯，請兩位看看這顆茄子！」

賈布堇站起身，並且把屁股轉向師徒倆這邊。明明穿著衣服，這是在搞什麼——沙優娜如此心想，仔細一看卻發現賈布堇的衣褲經過精心設計。臀部的位置居然有一塊圓形鏤空，屁股縫正從鏤空處冒出來向人打招呼。而且縫裡還有茄子的蒂跟著探頭出來問安，光看就像是在地獄受苦。

「能不能設法將這個人處以死刑？以我內心所受的苦痛為由。」

「沙優娜，妳可知道有亞人——尤其是名為獸人的物種存在？」

「怎麼突然問這個？知道是知道啦。」

外表看起來是人型，身體各處卻留有野獸鮮明特徵的種族，統稱為獸人。沙優娜並沒有實際見過獸人，但姑且仍具備這點知識。然而，她不明白師父突然提及該話題有何意義。

「畢竟獸人大多長有尾巴嘛。為他們訂製的衣服，據說會有用來露尾巴的洞。我在想，賈兄的褲子是否也屬於那一款。」

「不，這傢伙的髒尾巴是後天長出來的吧！要說的話，應該算局部模仿貧保耐三（註：漫畫《天才少爺》中登場的人物，其特徵是只有身體正面穿著華麗的西裝，後面卻是全裸）的風格才對喔！那並非社會之窗，而是慾望之窗！」

「妳最好針對貧保耐三的局部模仿風格做個補充說明。」

沙優娜代全體獸人發出怒吼。有別於非得配合身體構造鏤空的獸人衣物，賈布堇的褲子根本沒必要鏤空。

「所以說，敢問那顆茄子與賈兄的契合度是多少？」

「嗯～……評分從嚴，大約三十六分！瀕臨不及格！」

「分數比想像中還低耶……」

「雖然由我來說有自誇之嫌！誰教我鍛鍊過的括約肌可比老虎鉗！區區蔬菜不到幾小時必會被壓榨殆盡！」

「後庭造成的後勢走弱……」

※出於かれい老師的體貼，
本插圖的內容與本文所述內容有所差異。
茄子實際上深陷於賈布堇的體內。

「我開始覺得老師什麼詞都能跟屁股扯在一起很厲害了。」

啪里、啪里、啪里……從賈布堇那道慾望之窗露出來的茄子，似乎受到強大力量擠壓，正發出苦撐的聲音。這樣確實以各方面來說都不利久放。

「我掌握到大致的癥結了。這個嘛──只要有三天的工夫，我就可以準備出讓賈兄滿意的道具。不嫌棄的話，賈兄在這段期間可以暫居舍下……」

「假如老師要讓這個人住下來，我會炸了這間房子──這並不是嚇唬人。」

「我的徒弟變成三流恐怖分子了。」

「賢勇者大人，還有這名女徒弟！兩位的盛情厚意，在下不敢當！唉，不過真教人惋惜！別看我如此，平時仍為繁忙之身！由於尚有公務，請容我先回領地一趟！」

「好不容易結識了肛膽相照的哥兒們，這還真是遺憾啊。」

「你們講話是不是看劇本套好的？」

這時候，沙優娜腦中浮現一個好奇的疑點。艾達飛基的住處位在凶惡魔物簇擁的「慾望樹海」盡頭，若無相當的實力，連要抵達這裡都有困難──然而不知怎地，賈布堇卻隻身出現在此。以往的委託者要嘛是身經百戰的變態騎士，要嘛是面對嚴肅劇情就無人能敵的變態，因此有能力抵達倒還可以理解。

賈布堇似乎察覺到沙優娜的疑問，便朝她露齒笑了笑。

「那些魔物一看見我的屁股就溜了喲！唉，膽小得屁滾尿流呢！」

「啊，這樣啊。」

「沙優娜，那條設定在今後會逐漸名存實亡，妳不用放在心上喔。」

「這樣啊。」

那我一輩子都不要放在心上好了——沙優娜如此在心底發誓。

於是，賈布菫意氣風發地離去，還留下鮮度盡失的茄子蒂。

「——唉呀。這麼說來，上一集的最後曾談到白蘿蔔呢。」

「老師突然胡扯些什麼啊？」

「我們先從白蘿蔔一類的試起吧。那插入的工作就拜託妳嘍。」

「我才不要！說真的，老師突然扯這些都是什麼跟什麼啊！」

「這樣上一集遺留的無用伏筆就回收完畢了。我們到『別院』去吧。」

有別於師徒倆方才所待的「本宅」，艾達飛基家裡另有當工房發揮功能的「別院」存在。許多主要由艾達飛基發明的物品都沉眠於此，基本上沙優娜來到這裡就會很慘——「別院」就是這樣的一塊地方。

「那麼，能不能請妳把屁股露出來，沙優娜？」

「二話不說就叫我脫嗎！」

沙優娜原本以為多少會有幾句開場白，艾達飛基卻擺出進攻架勢辜負了她的預料。就算是隨玩隨用的成人遊戲，起碼也還會穿插一點對話場景。

「我完全聽不懂老師話中的用意！能不能向我說明！」

「我已料到會有這種需求，適合用在這次委託的道具早就製作完成了。這東西叫做『倍震』，照往常按往例，它尚未經過測試。」

「原來這是可以料到的需求嗎！」

或許將來會有想要朝屁眼插東西的委託者來訪——難道艾達飛基是懷著這種念頭在研發道具的嗎？

這傢伙活著到底都在思考什麼？沙優娜不得不這麼想。

「用不著擔心。『倍震』有分不同的尺寸，我會先從最細、最短的這一根試起，哎……應該不成問題吧？我也不太清楚就是了——對於妳的後庭環境。」

「老師清楚這種事情的話還得了啊？不，話說回來——我可是女主角，所以根本就沒有後庭存在。」

「莫非妳年紀輕輕……就患有直腸方面的重症？」

「我並不是從外科手術的觀點在談這件事。」

「沒營養的胡言亂語就說到這裡，能不能請妳趕快露屁股？不要緊。雖然這是我聽來的經驗之談，據說異物感比疼痛強烈多了，好像只有一開始才會難受。」

「老師從哪裡聽來的啊！尤金先生嗎！」

假如是那樣的話，尤金在性方面造的業未免太深了。艾達飛基避免把話說白，並且將「倍震」先放回桌上，然後把手放到沙優娜的雙肩。接著，他直直凝望著她。唔——沙優娜冷不防地被嚇住。

「沙優娜。」

「怎、怎樣？就算老師一臉嚴肅地要說服我也沒用喔！」

「開口拜託的話，不知道かれい老師是否願意卜筆描繪妳被插入的場面？」

「拜託的對象錯了吧！討論這什麼實務性質的問題啊，你這個渾球！」

沙優娜打掉艾達飛基的手，就近拿了一根「倍震」備戰。左手向前伸出，右臂收在身後的架勢，宛如牙突的起手式。

「既然妳的身材遠遠看去難保不會被當成女裝正太，身為女主角的地位很有可能得不到外界承認，除非妳露出線條飽滿的臀部。」

彷彿與其呼應，艾達飛基也握緊「倍震」，擺出正眼架勢相互對峙。

「請不要再替我多取有損名譽的綽號……！話說老師若是肯替我在外的形象著想，從一開始根本就不應該帶我參演這種不乾不淨的故事……！」

「這一切都是來自編輯的指示！」

「我饒不了那些豬頭！」

雙方的「倍震」相互碰撞、迸出火花，乃至發展成故事開頭的局面——

「——就是這麼回事，尤金。你是否理解了呢？」

「咱聽說電擊文庫完全不容許有插入場景耶。」

「尤金先生，你太善於聆聽了吧？麻煩你用力一點吐槽啦。」

「當真？　　　　那我們來挑戰尺度吧。」

「看啦，老師的叛逆精神被點燃了！要澆熄他這種熱情可是很費事的耶！」

「倒不如說，要認真搭理你們，咱有再多常識也不夠用。」

尤金大致掌握情況以後，就發現師徒倆還是老樣子。他回話的口氣傻眼歸傻眼，感覺卻帶著幾分喜悅。由於沙優娜直到前陣子都還隻身在外旅行，對尤金來說，能看見師徒像這樣團聚其實相當久違。

「……唉，委託內容固然莫名其妙，不過咱聽懂你們為何要拿道具插屁眼進行取樣了。聽懂可不代表咱就能理解喔。」

「能不能請尤金先生通融一下呢？屁屁被破處，對你來說也不會少塊肉吧？」

「尤金的屁股可是公認比唐吉訶德生活百貨還要價廉物美的喔。」

「正可謂後門永遠為你開的激省一哥……」

「那家店現在標榜的不是激省，而是驚省了啦！你倆想死嗎！還有便宜的不是顧客層，而是商品！在唐吉訶德就能便宜買到零食和飲料！別處沒得比！」

「這根本是怕被告的假吐槽嘛……」

「尤金背後可以看見有隻疑似帝帝帝大王（註：電玩遊戲《卡比之星》的反派角色）親戚的企鵝（註：唐吉訶德的吉祥物）耶。」

尤金好歹身為商人，自然無法默許師徒倆拿商家名譽開玩笑吧。

在場三個人的屁股都嚴密把關。以常識來想，能輕易闖關才是問題，因此這也在所難免

——然而就在此時，「別院」的門口悄悄打開了。

「萊、萊恩多！你上廁所是要上到什麼時候！拜託別讓小生嘗到在朋友家被獨自拋下的那種滋味！這真的很難熬！」

「沙優娜負責右邊。」

「了解。」

「好，阿耀你別動喔～」

「咦！等一下，你們這是幹嘛！呀啊啊啊！」

尖叫得像個小姑娘的人，是艾達飛基以及尤金的童年玩伴耀瑟勒快瑟勒。身穿白袍、戴眼鏡再配上香菇頭髮型的他一身奇妙裝扮，在社會上屬於繭居不出的尼特族——但這次他被尤金拖著到處跑，來到了艾達飛基的住處。

可是在耀瑟勒快瑟勒踏進「別院」的瞬間，就被艾達飛基和沙優娜從兩旁牢牢地架住，還遭到拿著「倍震」練習空揮的尤金襲擊。

「齊萊夫！萊恩多！還有妳這娘們！這是在搞什麼把戲！放開我！」

「耀瑟勒快瑟勒先生，你怎麼可能敵得過我們三個呢？」

「哎，我從來沒有像今天這麼慶幸有耀瑟勒快瑟勒這位仁兄在啊。」

「掙扎個屁啊，阿耀。總之咱先把你底下的衣物脫掉嘍。」

「假如你們全是美少女，小生身為後宮系輕小說的男主角該硬哪裡就會硬哪裡！為什麼現在非要可悲到讓臭男人扒掉褲子！」

「旁邊還有像我這麼一個美少女在啊？」

「啥？跟妳這娘們相比，就算是齊萊夫都還比較有肉感啦，少自以為是了。」

「畢竟沙優娜身上連肌肉都沒有嘛。」

「尤金先生！請拿一根最粗的來教訓這顆臭香菇頭！」

「好、好啊……不是啦，妳這樣對他會不會有點可憐？」

「基本上你們三個拿那根情趣按摩『這叫「倍震」。』是要幹嘛！」

艾達飛基對自己製作的道具名稱有著強烈堅持，強到足以在別人臺詞講到一半時就開口搶詞。另一方面，沙優娜對於女主角地位似乎也有強烈的堅持，不過這點怎麼樣都無所謂。

儘管耀瑟勒快瑟勒不明白這是什麼狀況，唯獨自己正面臨危機這點好像還是能夠理解，於是他拚了命地不停抵抗。他的力氣弱到嚇人，沙優娜因而深刻體會到繭居不出會導致體力顯著下降。

「放心吧，阿耀。這弄起來就跟蟯蟲檢查差不多。」

「我們只是要用前端跟你髮型類似的這根棒子，在你的後庭小逛一下而已。」

「欸，那已經不算蟯蟲檢查了吧！從蟯蟲的觀點看來，這等於有超巨大隕石落在小生的屁眼上了吧！」

「我第一次見識到有人從蟯蟲的立場進行論述……」

「總之你們都住手！小生的第一次要留給更溫柔可愛、胸部大的——」

「耀瑟勒快瑟勒。」

艾達飛基朝著至今仍不肯接受現實的耀瑟勒快瑟勒悄悄耳語。老師究竟要告訴他什麼？感到好奇的沙優娜豎起耳朵。

「這段劇情要畫成插圖。」

「——你、你們別弄痛我……要輕輕的。」

儘管臉紅，耀瑟勒快瑟勒還是被拐著做出覺悟。原本緊繃的全身已隨之放鬆，進入以被動姿勢面對一切的態勢。

「原來那句臺詞是效力這麼強的迷藥嗎！」

「倒不如說，聽了這句臺詞還能堅定不移的，在本小說頂多只有妳了。」

「不會吧！」

「阿耀的表情噁心得要命耶，咱可以插了嗎？」

就這樣——艾達飛基的實驗在徒弟與兩名老友的協助下繼續進行。

然而實驗中究竟發生了什麼，卻未有定論。

＊

——請兩位務必受邀至我的領地一遊。

在三天後的期限，艾達飛基的住處收到主旨如此的信函。實情則是賈布堇身為領主，想必忙到騰不出時間親至，因而採用了邀請師徒倆過去的形式履約。話雖如此，這封招待函對本來就不樂於讓委託者多跑一趟的艾達飛基來說，倒是如其所願。經過試用後，艾達飛基就帶著加以改良的全套「倍震」與沙優娜一路前往「史乎公國」的「托岡領」了。

「跟在老師身邊，會探訪的國家還挺多樣的耶……」

「畢竟從事這項工作，出外走動的機會意外地多嘛。」

「我們至今去過的地方當中，總覺得這個國家……應該說，這塊領地最缺乏活力呢。」

沙優娜在指定的馬車驛站東張西望地環顧周圍。托岡領算鄉下地方，人口也不是很多，來往的行旅零零星星。然而，路過的人們臉上都一樣消沉，難免給沙優娜陰鬱的印象。

目前，在去除掉名為魔王的威脅之後，世界各地的景氣皆呈現上揚。儘管國家間有新的紛爭隨之而生，要說和平也還算得上和平。可是，這塊領地的居民卻好似身處於戰時，或者魔物肆虐作亂的年代。

「在史乎公國當中，托岡領也算首屈一指的遼闊領地。本國權貴並不是空有虛位，對於各領地握有實質上的支配權，賈兄在此的權力之大可見一斑。因此，這裡似乎比我們想像中更加困頓疲乏。」

「唉，誰教領主是那副德性呢……說真的，幸好我不是這裡的領民。」

師徒倆閒聊到一半，來迎接的馬車抵達了。不愧是由貴族包下的馬車，做工極為華美，車廂上還有「菊烈號」的雕金字樣。雖然沙優娜頓時失去了上車的意願，另一邊的艾達飛基卻顯得很滿意。

「……你們也是被那個肛門狂領主召去找樂子的嗎？」

坐在馬車夫座位的人跳下來，以問句代替問候。沙優娜反射性地吐槽：「未免形容得太直白。」一臉疲倦的馬車夫卻不吃這套。

「是啊，沒有錯。不過你這樣稱呼自己的雇主，著實讓人難以苟同。」

「隨你們怎麼說吧，反正這塊領地已經完了。只要上頭有那樣的男人掌權，我們這些領民就沒有未來。既然沒有未來，講什麼也都無所謂……與其載你們這種莫名其妙的訪客，我寧可讓這輛馬車早早報廢……」

「好、好陰沉……老師，我們現在是不是該帶動一下歡樂的氣氛？」

「無須贅言，能否請你儘快駕馬出發？我們可是付了錢的！」

「老師你沒有人性嗎！不用配合場景氣氛表現出惡行惡狀啦！」

順帶一提，車資是由賈布堇負擔，艾達飛基他們連錢包都沒有掏出來。

馬車夫確認師徒倆上了車，就一邊咂舌一邊粗魯地關上車廂的門。接著，他毫無顧慮地策馬疾馳，車廂裡因此晃得厲害，導致沙優娜暈車了。

平緩坡道一路通往小山丘，山丘上建有豪宅。落址之處可以將自家領地一覽無遺，此處正是賈布堇所住的屋邸。

「……到啦。你們快給我下車。」

「唔嗯……我、我不舒服……」

「辛苦了。這是小費，請你收下吧。」

艾達飛基把多的「無效券」塞到馬車夫手裡。

豈知乘客會用這打賞的馬車夫臉色變得更加黯淡了。

「有垃圾麻煩你自己處理……」

「這不是垃圾。唉，心情愁苦的話，你何不試著把這貼到乳頭上，然後用力撕掉呢？說不定會開啟通向新未來的大門喔？」

「老師，正常人不需要打開那種門啦……」

「……哼，不正經的傢伙請來的客人也都一樣不正經。通向未來的大門？用不著提醒，我也會自食其力將那打開……這東西，我可不會還你。」

「這、這個人是不是稍微被說動啦……！」

馬車夫帶著微妙輕快的腳步回到駕車座，然後策馬不知道將車子駛去哪裡。雖然不清楚對方如何解讀艾達飛基的那些話，至少在沙優娜看來，他似乎已經恢復了一絲活力。

「好了。那我們去找賈兄做家庭訪問吧。」

「外觀滿正常的……應該說，他家好豪華喔。」

「豪宅即為權力的象徵嘛。」

師徒倆一面閒聊，一面打開屋邸的大門。於是——

「歡迎！我等兩位很久了！好，趁此良機來出一道迎賓用的謎題！請猜猜我現在插著的是什麼！」

「噁斃了。」

——賈布堇帶著滿面笑容出來迎接。身旁有大批僕人隨侍的他，正看似興奮地連珠砲說個不停。沙優娜覺得下車以後，暈車的症狀仍繼續在惡化。

「答對的話！我會將插著的東西直接贈送！這下兩位非得猜中才行喲！來吧來吧來吧，一猜即中得大獎！」

「這世上居然會有讓人用盡手段也想答錯的謎題……」

「唔嗯～儘管毫無提示並不好猜——那我猜個大冷門好了，會是金條嗎？」

「哎呀哎呀，賢勇者大人。即使狂放如我，也不至於在菊花裡放那麼昂貴的物品吧？你答對啦啊啊啊啊啊啊啊啊啊！恭喜兩位、賀喜兩位！」

賈布堇一轉過身，從臀部依然鏤空的慾望之窗裡就露出金亮的物體。看來是貨真價實的黃金。

「你們為什麼要串通好！還裝成在猜謎！請老師自己把獎品領回去！」

「這種事情要怎麼串通呢？我是碰巧猜中的。」

艾達飛基將目光一轉。只見有個僕人手裡原本舉著寫了「金條」字樣的紙張，但他悄悄放下了。雖然沙優娜似乎沒發現提示，總歸就是要讓來賓答對謎題拿金條回去才有的安排，這應該是賈布堇款待客人的方式吧——儘管手段相當特殊。

「我先帶兩位到客房，請在那裡小歇片刻，然後再一同共進晚宴！你們這些下人，還不幫兩位貴客提行李！動作快！」

眾多僕人慌慌忙忙地將師徒倆包圍住。他們每個人都面有倦色，因此沙優娜心裡總覺得過意不去。

——之後，艾達飛基與沙優娜度過一段極盡奢華的晚餐時間，入浴淨身完畢才前往賈布堇的辦公室。師徒倆手上握著尺寸各異的「倍震」，這表示履行委託的時刻終於到來。

「哎，自己製作的道具即將發揮效用，無論是什麼情況都會令我雀躍哪。」

「雖然老師做的大多都是不正經的玩意兒……」

艾達飛基心情絕佳，反觀沙優娜則一臉吃不消。既然已經嘗完美食，也在寬廣的浴池放鬆過了，接下來只剩在大床上安然成眠而已。可是，在那之前非得面對有如惡夢的現實，畢竟天底下沒有不勞而獲的事。

艾達飛基敲了敲辦公室的門，門就被人使勁打開了。

「等您好久了！我簡直連屁股都坐不住了！」

「那麼老師，我先告辭嘍……」

「賈兄，雖已夜深人靜，賢勇者與其徒弟在此打擾了。」

「儘管來吧！」

「唉……」

徒弟的嘆息無人聽得見。艾達飛基就近在桌上將「倍震」按尺寸排成一列，賈布堇用少年般閃亮的眼神望著那幾根道具。

「好了。這些就是我為賈兄研發出來，取名為『倍震』的道具。不過與其用長篇大論來說明，實際一試應該比較快。沙優娜！」

「我絕對不幹。」

「這位女士真害羞！ＯＫ，那我們到那片屏風後面進行組合吧！」

「我說不幹就是不幹！」

「收的徒弟任性，苦到的就是自己呢……沙優娜，日後我會讓妳好好反省這種反抗的態度喔。不得已，這次只好由我負責插入。」

「下次再有這種主題的故事，我就不當這本小說的女主角了。」

那妳只會流落街頭喔——艾達飛基想這麼接話，卻刻意什麼都不說。

賈布堇連走帶跳地朝著辦公室裡擺的大屏風而去。捧著所有「倍震」的艾達飛基也跟在後面。

「蹦蹦蹦～」

另一方面，沙優娜無端在原地跳了好幾下。這並不是因為她閒得發慌，更不是為了強調自己可愛。當中有著很深的用意。

（我必須像這樣一直重複無意義的行為才可以——要不然場景敘述就會切換到屏風後面的地獄！唯有這點非得要設法避免！）

沙優娜主動採取措施，使得旁白敘述的重心一直留在自己身上。她以不為人知的方式，明確地對第三人稱觀點的小說舉起了反旗。

「那我現在要大聲進行實況嘍！沙優娜，妳有聽見嗎～！」

「那位女士，請不要以為劇情會在妳跟旁白嬉戲的期間跳過一整段喔喔喔喔！」

「好了，開始吧。賈兄滑嫩的兩座山丘露出來了！」

「夜風與期待的心情令我顫抖！一抽一抽地打起了哆嗦喔喔喔！」

「那兩個傢伙居然祭出超乎預料的手段……！」

已經無處可逃了。當場躺下來打滾的沙優娜對那兩人的難纏度咂舌。小說並不是全靠旁白，靠對話也能夠成立——這是她的盲點。

「先從最細的第一根試起！啊～這個……手感像是將樹枝插進水裡！」

「嗯～不夠勁啦啊啊啊！」

「我好想封住耳朵。」

沙優娜一邊做仰臥起坐一邊心想，但這麼做恐怕沒有意義。

「第二根！咦～這手感……像是將指頭插進新積的雪！」

「還是不夠看啦啊啊啊啊！」

「…………」

沙優娜在地上躺成大字型，並且對另外兩人的互動置若罔聞。

「第三根——唉呀，感覺像是用手掌擠壓半溶解的太白粉！」

「正點的快來了嗎！快要來了嗎！」

「震撼的第四根直搗虎穴！彷彿在翻鬆凍到凝固的杯裝冰淇淋！」

「唔哇啊！」

「混帳，每一句都形容得這麼巧妙……」

艾達飛基滿頭大汗地回到將心靈化為虛無的沙優娜身邊，臉上充滿謎樣的成就感。多希望那不是因為剛才一連串的行為而感到滿足。

「雖然我不太想問……老師覺得還算順利嗎？」

「順利啊。多虧耀瑟勒快瑟勒，之前找出的改良點果然成了致勝關鍵。」

要經得起賈布堇的括約肌擠壓，「倍震」自然需要夠強的耐久性，而（因種種理由）滾在地上欲仙欲死的耀瑟勒快瑟勒，更讓艾達飛基從中得到了天啟。

首先，艾達飛基改造了「倍震」的前端亦即蕈傘部位，使其在觸及人類體溫以後會稍微膨脹，以免輕輕鬆鬆就能拔出。這發揮了「上栓」的功能，「倍震」一旦插入便會卡在裡面不容易脫落。

還有，光插入並不能滿足賈布堇。針對這點，艾達飛基著眼於欲仙欲死的耀瑟勒快瑟勒身上。香菇頭搖來晃去的模樣給了他靈感。

「那是叫『前端蠕震魔法』對嗎？為什麼老師會用這種魔法啊……」

「在這世上，派不上用場的東西可不多。」

「倍震」改良過以後，前端竟能定期蠕動，而且還會震動。

持續用它對賈布堇造成新刺激的結果——

「…………」

——賈布堇從屏風後頭回到師徒倆面前，臉上毫無表情。沙優娜「咦」地微微偏過頭。

「他好像有什麼不滿耶……？」

「不，我想沒問題。」

賈布堇的神情有如戴著面具，還伸手拍響雙掌。於是，不知從哪裡冒出來的女僕進房服侍主人。

「請問有何吩咐，老爺？」

「——立刻拿替換的內褲過來。」

「遵命。」

「賈兄獲得了不曾體驗的刺激，結果就是在當下處於賢者般的狀態。」

「唔……老師，他靠後面高潮了啦！靠著讓人不想明說的那道門！」

「啊啊……這是多麼汙穢的小說啊。」

「吵死了！這一集到目前為止大部分都是你弄髒的啦！」

可惱——賈布堇嘆道。簡直像是把自己當成了受害者。

「呀啊啊啊啊啊啊！」

——此時，去拿內褲的女僕在房外發出了尖叫。忽然有狀況嗎？如此心想的艾達飛基和沙優娜朝房門口回頭，門就瞬間敞開了。

「他在這裡！找到殺千刀的領主了！」

「圍起來！」

「客人要怎麼處置？」

「這種臭傢伙請來的客人，不會是什麼好東西！一起幹掉！」

手持武器的大量領民湧進辦公室。每個人似乎都遭到憤怒支配，身上充斥著一看便知的殺氣。原本在房裡的三人還來不及驚訝，就被團團包圍了。

「老、老師……他們這是……」

「該說是反叛，還是革命呢——唉，差不多就是這麼回事吧。」

「……雖然對你們兩個不好意思，但這便是我們的答案。」

領民糾眾起義，有一名疑似具備領頭地位的男子走向前來。這個人他們要忘也忘不了，他正是執轀駕車送師徒倆到這棟屋邸的馬車夫。

「若不除掉這個放蕩的貴族，我們就沒有未來。多說無益……你們三個人現在就得死。大夥兒會提著你們的頭，為托岡領迎來黎明……」

「看啦，還不都是因為你欺壓領民害的，臭貴族！我跟老師明明就沒有關係！」

「或許我們來這裡的時期有點不巧。」

「……原來，我所愛的領民，給我的回報就是如此——」

「你對領民沒什麼感情可以說嘴吧！不要因為稍微進入賢者狀態就隨便亂扯！」

沙優娜破口大罵，卻被其中一個領民用武器抵住，因而嚇得不敢吭聲。對方下了莫大的決心才會闖進這裡。領民叛亂本該受到鎮壓，可是這塊領地已經腐敗到連那種能力都沒有亦屬事實。

有名男子似乎已經忍到極限，拿著手裡的鋤頭朝呆站不動的賈布堇揮去。

「我耕了你這張見鬼的臉！」

（好恐怖……）

然而，他這一鋤被艾達飛基用「倍震」輕易擋了下來。因為耐久性經過強化，「倍震」的硬度遠勝於尋常兵器或農具，鋤頭柄說斷就斷。

「賈兄，決斷的時刻到了。雖然這並不在委託的範圍內，至少在你做出答覆之前，我會幫忙攔住這些人。請你自己思考，並且採取該有的行動。」

「賢勇者大人……」

「這、這男的看起來斯斯文文，居然這麼強！」

「而且他手上的武器散發著異味！這傢伙不好惹！」

（假如這些人知道老師的武器之前插在哪裡，不曉得會有什麼反應……）

沒多大本事的民眾無論來多少人，艾達飛基都完全不會落於下風。他只是將揮來的武器支開，然後破壞，絕不傷及對手。而且待在艾達飛基旁邊基本上既安全又安心，因此沙優娜也就沒那麼害怕了。

另一方面，賈布堇深深吸了口氣——隨後，他緩緩跪到地上。

「……是我對不起自己的領民。不過，他們是我個人邀請來的客人，眾人不該將仇恨的矛頭指向他們。我不認為像這樣道歉就能獲得原諒……只求大家別傷害他們。如果在場眾人肯聽這些話，要殺要剮我都任憑處置。」

「事到如今，你真以為擺出這種卑微的態度就能得到原諒嗎，領主大人啊……？」

「我無話可回。即使如此……我只能像這樣求你們了。」

賈布堇把額頭貼在地板，用了貴為領主絕不該有的動作求饒。馬車夫看著那一幕，不屑地說：

「聽好了，領主大人。對於你，我們所有人只有一句話想講。等你把話聽進去了，我們就會親手把你宰了。只不過——你今生最後的這個請求，我倒是可以答應……」

「……！謝謝……！」

「受不了，當領主的居然是連這種事情都要人特地聲明的臭傢伙……」

馬車夫手一揮，原本針對艾達飛基的零星攻擊就停住了。呼——艾達飛基吐出一口氣，同時還做了做伸展。然而，對於是否該繼續坐視這件事的發展，沙優娜倒是認真地向師父徵詢了意見。

「老、老師，再這樣下去，那個人真的會被處刑吧……？」

「或許是。」

「你還說或許……這樣好嗎？對方好歹是委託者耶？」

「此時我們所接的委託已經達成了。要進一步在政治上介入，並非我所願。倘若賈兄仍想活命，只要再求我一聲就好。他不那麼做，就表示內心已經有所覺悟了。我們應當對那點表示尊重。」

「即、即使老師偶爾講出這種正經的話……我也不會上當喔！」

「我可沒有騙妳……」

總之，艾達飛基並沒有打算繼續向賈布堇伸出援手。沙優娜至今還無法完全理解這個男人的信念，但是話都這麼說出口了，他應該真的會堅持旁觀到最後吧。那麼沙優娜身為徒弟，就只能守候在側。

馬車夫代表全體民眾，對依舊低著頭的賈布堇拋出他們的心聲：

「屁眼是用來拉的，不是用來插的……你為什麼就是不懂？」

——就某方面而言，那是帶有震撼的一句話。

「啊……啊啊啊啊啊啊啊啊啊啊啊啊啊啊啊！」

比在場任何人都深受震撼的不是別人——正是沙優娜。

「他、他說得對呀！要說的話，屁屁的洞應該是出口！基本上要當成單行道才對！可是我之前怎麼都想得跟入口一樣！」

「事到如今，妳還說這些做什麼？屁股的洞要視為出入口。」

「哪有！明明就是由上往下的出口！」

「妳有沒有聽過肛門塞劑？雖然想這麼說——換成早期的妳，肯定從最初接到委託就會如此反應。諸如『別插東西到屁股裡啦』，才是妳原本該吐槽的。哎呀哎呀，徒弟大有長進，為師實在欣慰不已。」

「我才不要這種長進！我嫁不出去了啦！」

「若是妳遲遲未嫁，我會跟尤金猜拳，由輸的一方負責娶妳。」

「請不要把我當成推來推去的人球！我又沒有在擔心婚期！」

這些領民都具備普世觀念中的常識。另一方面，沙優娜與艾達飛基及其愉快的夥伴們相處久了，好像就在不知不覺中喪失那些常識了。這項事實不禁讓她感到汗顏，內心更遭受無法言喻的羞恥與絕望侵襲。

「……原來……我……」

「嗄？領主大人，我聽不出你在講什麼，但你受報應的時刻差不多到啦。」

全身顫抖的賈布堇緩緩站起身。先前的賢者狀態似乎結束了，他有一隻手正在撫弄屁股後面插起來尺寸剛好的「倍震」。

「原來我所愛的領民們……對我……沒有任何一絲理解……？」

「啥？喂喂喂，你果真是瘋了吧。我們從來就沒有理解過你那種癖好——」

「原來這場反叛！並不是因為我揮霍購買特製的道具，招惹眾人嫉妒才引起的嗎！」

「老師，這傢伙真的有病！我真的聽不懂他在講什麼了！」

「畢竟故事也該收尾了嘛。」

「嘖！雞同鴨講。無所謂，把他幹掉吧！」

「刁民！」

馬車夫被賈布堇出拳揍飛。賈布堇的淚從雙眼如瀑布般狂瀉，領民遭到其鐵拳制裁，一個接著一個被打扁在地上。

「我傷透了心！過度的哀傷彷彿化成憤怒，令吾身頻頻顫抖！」

滋滋滋滋滋滋滋滋……

「欸，在抖的不是你，是你插在屁股的那根東西啦！」

「可見恰到好處的刺激，加劇了賈兄的鬥爭本能。」

「戰鬥力高的變態又誕生了嗎！」

賈布堇含著眼淚，將陸續來襲的領民打得落花流水。艾達飛基似乎推敲得沒錯，賈布堇發揮了平凡貴族想必沒有的戰鬥力。

「我要匡正世道！光是改變我的托岡領還不夠！我還要改革國家，改革世界！唯有如此才能讓世人與我互敬互愛！吾身之顫抖，即為對使命之顫抖！」

滋滋滋滋滋滋滋滋滋……

「賢勇者大人！還有這位女徒弟！我剛才總算領悟到了！這些刁民與兩位不同，根本就不懂在菊花裡插東西有多麼美妙！而且我更領悟到，發揚這種美妙正是我活在世上的意義！對於助我醒覺的兩位，我滿懷感激之情！將來我必會回報這份大恩！希望兩位都能擦亮後面的眼睛，靜待我報恩之日！我決定——踏上這扭轉菊勢的旅程！」

「老師，他這樣已經跟預告殺人差不多了吧！」

「看來賈兄找到自己該走的路了。這是他自己選的路，我不應置喙。請賈兄照自己的意去闖吧。」

「……！兄弟啊……！」

艾達飛基與賈布堇用力握手。由於這一幕似曾相識，或者說這橋段似曾相識，讓沙優娜頭昏眼花了。

從這橋段看來——沒錯。這傢伙到故事的末尾應該還會再出現，沙優娜腦裡有這種形同篤定的預感在打轉。「讓我們期待最終話吧。」——艾達飛基如此開朗地說。

日後，有某位奮發起事的地方領主將成為世界知名的革命家。據說其志業，始於發生在自己領地，原本預計會血流成河的一場民亂。然而那場民亂並未出現任何一名死者就遭到鎮壓，並且就此埋沒於歷史累積起來的暗流之中。

不過在民亂與起事的背後，據說依舊有賢勇者及其徒弟暗中活躍，不過詳情究竟如何，則無人能知——

《第八話　終》

第九話◎傲天互鬥與徒弟

……………

Great Quest For The Brave-Genius Sikorski Zeelife

「沙優娜，我們要去『卡克優姆村』，請準備好行裝。」

「怎、怎麼突然說去就去啊？」

艾達飛基說得倉促，以至於沙優娜不免手足無措。看樣子是為了處理委託，不過這次還真趕。大概是要加快劇情進展吧。

「方才『卡克優姆村』的村長那裡捎來了聯絡，說事態刻不容緩，希望儘快借助我們的力量。隨傳隨到——這不就是我們賢勇者公會的信條嗎？」

「我第一次聽說有這種類似J9系列（註：日本東京電視臺於一九八一年至一九八四年間播出的三部巨大機器人系列的總稱）的信條，而且公會的設定在現階段是首度出現耶。」

「那我們出發吧！」

「我好像很久沒有被老師忽略了……」

因為如此，賢勇者及其徒弟就朝著「卡克優姆村」出發了。

「卡克優姆村」——單談村名，沙優娜以前也曾經聽說過。日前參加「拿洛村」舉行的奇特慶典之際，艾達飛基就曾言及「卡克優姆村」的存在。那地方跟「拿洛村」一樣，定期會有名為異世界轉生者的人從異界來到村裡。該村與「拿洛村」關係惡劣，兩村目前似乎處於抗爭狀態。不過以村莊的規模而言，「卡克優姆村」遜於「拿洛村」，據傳該村早晚會被「拿洛村」打垮。

哎，但是這方面的內情與賢勇者並無關係。只要有人求救，艾達飛基不管對方是誰都會先伸出援手。

「卡克優姆村」究竟出了什麼事呢？老樣子，艾達飛基表示抵達之後就會說明，因此沙優娜糊里糊塗便跟著來到「卡克優姆村」。

「那麼，這裡正是『卡克優姆村』。」

「哦～……我覺得跟『拿洛村』有點像耶！」

「不，版面設計差異滿大的喔。雙方各有長短就是了……」

「為什麼拿兩個村莊比較會扯到版面設計啊！」

「卡克優姆村具有容易標記重號與讀音的一面，但只要瀏覽器退回上一頁，寫到一半的文章就會統統消失——另一邊的拿洛村在這方面就安心可靠，然而想要標讀音或是重號卻難搞得要命……」

「老師不用說這些了！我們趕快去村長家吧！」

當時「拿洛村」正在舉行慶典，因此相當有朝氣。不過就算沒有辦活動，「拿洛村」本身仍然很有活力才對。沙優娜實際去過就感受到了那一點；然而另一方面，「卡克優姆村」有種死氣沉沉的氛圍。村民人數少，整個村子更是讓人感受不到朝氣。即使興建的民宅數量多，實際上有沒有村民居住仍值得懷疑。

這個村子撐不下去了吧……沙優娜一邊如此心想，一邊跟艾達飛基拜訪村長的家。

「好久不見，優克卡村長。我是賢勇者艾達飛基．齊萊夫，這女孩則是我徒弟沙優娜。往後還請見教。」

「村長您好。」

「噢噢，賢勇者大人您來得太好了。不好意思，這麼倉促把兩位請過來啊啊啊啊啊啊啊啊啊啊啊啊啊啊啊啊啊啊啊啊啊啊啊啊狀態欄開啟噫噫噫噫噫噫噫！」

啪噠噠噠噠噠噠噠噠噠噠噠噠噠噠噠噠噠噠噠噠噠！

【名字】優克卡

【種族】人族（♂）

【年齡】不舉之年

【職業】卡克優姆村的村長

【等級】73

【HP】550

【MP】47

【體力】20

【智力】4

【敏捷】13

【靈敏】227

「什麼情形！」

「這症狀……該不會是『傲天症候群』……！」

「呼……呼……是、是的，賢勇者大人。其實此病目前正在『卡克優姆村』大肆流行……如您所見，一旦病症發作就會像這樣，在無意間開啟狀態欄……」

「病症發作……發病！狀態欄是會因為生病自己跑出來的嗎！」

「咳嗽、噴嚏、鼻水、狀態欄——這些都是身體狀況欠佳就會自然排出體外的事物。沙優娜也有類似的經驗吧？」

「我雖然活了十幾年，可是人生中從來沒有將狀態欄分泌到體外的經驗。」

「怎麼會……賢勇者大人，這表示您這位徒弟有便祕的問題嗎……？」

「此事說來敏感，但恐怕是那樣沒錯。」

「村長先生，請問你那狀態欄是從哪裡跑出來的！」

「從老夫的屁股哪。」

「這次又是跟屁屁有關的故事嗎！」

仔細一看，村長排出來的狀態欄還熱呼呼的。沙優娜不想靠近那邊了。

「先不提那些，老夫更想請教妳是否有便祕之苦哪。」

「電擊文庫的女主角是沒有菊花的，我在第八話就聲明過了吧！」

「居然隨口就將分母擴增，當成自己的靠山……這招高明，沙優娜。」

※關於沙優娜說的是真是假，請打電話到電擊文庫編輯部直接確認喔！

才剛發病的村長因為狀態欄開啟而渾身疲倦，但還是勉強將呼吸調適過來。艾達飛基見狀，就咳了一聲清嗓將事情做出總結。

「——總而言之，優克卡村長想請我設法對付『傲天症候群』嗎？」

「正是。」

「我不太懂狀況耶，那種病有那麼嚴重嗎？」

「沙優娜，就讓為師來向妳說明吧。『傲天症候群』是一種無關患者身體狀況，一發病便會開啟狀態欄威嚇他人的流行病。容易罹患此病的人種，據說主要出現在具有狀態欄概念的特定奇幻小說當中。」

「還真是夠特定的耶……呃，老師說的威嚇是像狗吠那樣嗎？」

「可沒有那麼單純哪。此病恐怖之處，在於患有相同疾病者碰了面，其中一方又冷不防將狀態欄開啟的時候。」

「村長先生這句話的意思是？」

「簡單來說，就是雙方會一直拿狀態欄互拚，直到有一方耗盡體力為止。」

「會從屁屁跑出來，還會在身體情況欠佳時失控漏出體外，而且還可以拿來互拚，我說這狀態欄到底是什麼啊？〇便嗎！」

「雖說是從屁股跑出來的，像妳這樣把屁股冒出來的東西統統認定成大便，我倒覺得有可議之處喔？」

「老師，那道門在人體中才不是功能如此多樣化的器官啦……！」

由於「傲天症候群」流行，「卡克優姆村」似乎更加失去活力了。村裡若有村民在路上相遇，其中一方又突然漏出狀態欄的話，死鬥就會隨之展開。據說到最後，村民都不敢隨便出外走動，變成了現今人人閉門自守的局面。

「照這樣下去，我們『卡克優姆村』只能等著滅亡呀……！明明『拿洛村』的那些渾蛋這陣子都已經囂張到走路有風了……！」

「哎，畢竟要出書也沒有理由特地從這裡找嘛。」

「縱使您是賢勇者，也不許說這種話，小心老大直接從屁股把狀態欄拉進您嘴裡喔！」

「其實我本來不想提那些數值，可是從村長先生的發飆方式看來，智力只有4不是寫假的耶！」

光從狀態欄來想，村長會是個頭腦簡單且手腳過度靈活的笨蛋。沙優娜對「卡克優姆村」選村長的標準產生了好奇心。

艾達飛基大大點了點頭，好似在表示答應處理這一切。

「我明白事態分秒必爭了。之後的事請交給我們吧。」

＊

師徒倆離開村長家以後，決定重新繞一圈「卡克優姆村」。

沙優娜立刻向為師的提出內心的疑問。

「老師，你說會設法對付『傲天症候群』，那究竟要怎麼做呢？既然是流行病，果然有特效藥嗎？」

「不，恐怕沒有藥對這種病有效。只不過，『傲天症候群』有個跟其他流行病不同的地方。那就是——」

「喂，那邊那個小子！看本大爺開啟狀態欄吧啊啊啊啊啊啊啊！」

啪噠噠噠噠噠噠噠噠噠噠噠噠噠噠噠噠噠噠噠噠噠噠噠噠！

有個青年突然現身，還當著艾達飛基和沙優娜眼前撇出狀態欄。然而，有別於村長發病那時，眼前的青年似乎是出於自身意志將狀態欄撇出來。儘管沙優娜感到困惑，艾達飛基仍迅速迎向前去，並且往前伸出手。

「狀態欄開啟！」

【名字】陸仁

【種族】人族（♂）

【年齡】一日三槍

【職業】卡克優姆村的村民

【等級】18

【HP】721

【MP】24

【體力】86

【智力】2

【敏捷】37

【靈敏】187

【名字】艾達飛基・齊萊夫

【種族】應該是人族（♂）

【年齡】睡醒仍一柱擎天

【職業】賢勇者

【等級】1919191919191919

【HP】454545450721

【MP】696969696969

【體力】81818081

【智力】191945450721

【敏捷】96108169

【靈敏】46108119

「唔啊啊啊啊啊啊啊啊啊啊啊啊啊啊啊啊啊啊啊啊啊！」

「足以讓辛巴威淪為笑話的戰力通膨！」

青年隨著貫耳而來的哀號聲當場倒下。同時，青年拉出的狀態欄吸收過去，進而隨之消滅。

沙優娜完全不懂發生了什麼。她眨了眨眼睛，朝為師的望去。

「雖然說明與實踐的步驟反過來了，簡單來說就是這麼回事。被人完全比下去的狀態欄，會被對方吸收而消滅，然後贏家的狀態欄將變得更加傲人且逆天！我要利用這種特性，將存在於卡克優姆村的狀態欄全部吸收！這麼一來，流行病自然就會平息才對！」

「原來如此……呃，原來如此嗎……？話說老師的狀態欄會不會太離譜了啊？用偵測器看的話，別說那樣的數值會讓偵測器爆掉，連配戴者的頭都會跟著炸飛吧。」

「本作的數值設定之爛可稱霸輕小說界——這是我們要爭取的作品定位。」

「再給這部作品戴虛假的高帽子也沒有意義吧！」

有一部分罹患「傲天症候群」的病人，會依循本能開始狩獵他人的狀態欄，剛才的青年應該就屬於那種類型。艾達飛基似乎打算利用這一點，順勢吸收掉所有存在於村子裡的狀態欄以消弭病情。

「狀態欄顯示的內容可謂當事人的尊嚴。在同一個擂臺上粉碎其尊嚴、逼迫對方認輸，就是達成委託的關鍵。」

「……老師說的狀態欄，我也展現得出來嗎？」

「這個村子現今瀰漫著非常濃的ＮＳ粒子，所以我想即使是沒有開啟過狀態欄的妳，也有可能辦到。只要妳照我剛才的手勢去做，應該就能顯示出狀態欄。」

「我可絕對不會吐槽ＮＳ是對哪一種小說的簡稱喔？不過，感覺有點令人期待耶……！好～狀態欄開啟！」

【名字】沙優娜（假名）

【種族】人族（♀）

【年齡】正值可口

【職業】賢勇者的徒弟

【等級】2010

【打席】307

【打點】41

【打擊率】0.261

【觸身球】0

【上壘率】0.352

【全壘打】10

「打者賽績？」

「噢噢……竟有這種事。沙優娜，看來妳具備獨樹一格的狀態欄。」

「什麼獨樹一格，這寫的又不是我，根本就是本作為人熟知的羅柏托・安東尼奧・佩塔吉尼選手在二〇一〇年的比賽成績嘛！」

「妳這丫頭怎麼光看數值就認得出來？」

有陣粗魯的質疑聲傳來，師徒倆便轉頭望去。每次遇到這種章節大多都會出現的尤金，就揹著大行囊站在那邊。

「哎呀，這不是尤金嗎？我可不記得這次有召喚你呢。」

「別把咱講得像召喚物一樣！你倆來這裡搞什麼……咱大致看得出來。流行病對吧？」

「是那樣沒有錯。我反而想問尤金先生，你怎麼會來這種蕭條的破村子呢？」

「妳這丫頭講話都不懂含蓄嗎！哎，這村子原本有舉辦一點小活動。咱打的是在活動上擺攤的主意，可是卻因為流行病而泡湯了。真倒楣。」

「活動——原來如此。類似物產展嗎？」

尤金指去的方向，擺了好幾個臨時的攤位。

然而，由於村子裡處於這種狀況，活動似乎根本沒舉辦。

「對啊。原本這個村子要辦的是電擊文庫官方連載物產展。說到代表性的展售項目嘛，有川上稔老師的《境界線上的地平線 NEXT BOX》；同為川上世界觀、銜接了AHEAD與GENESIS的《EDGE》系列之《眾神不在之星（暫譯）》；以魔法禁書系列為人所知的鎌池和馬老師的《Magistellus Bad Trip》；岬鷺宮老師的《三角的距離無限趨近零》；安里アサト老師所著的《86—不存在的戰區—》等作品。這些作品的本篇以及特別短篇居然都可以免費閱覽，讀到這裡的你也該立刻訪問！」

「尤金先生，你這樣已經不叫蹭名氣！根本是整個人都貼上去了！」

「唔嗯……這下非讀不可呢。尤金，可是你列出的清單上似乎沒有《賢勇者艾達飛基・齊萊夫的啟博教覽》耶？明明這部作品姑且也有參展。」

「咱讀了發現完全不對胃口就略過啦。」

「簡直像是在亞馬遜留過一星評比的棄坑書評……！」

「尤金應該實際參考過本作的一星評比吧？」

「老師不要多嘴啦！」

雖然尤金諂媚得像是誰派來的鷹犬，也像是被什麼髒東西上了身，但是最關鍵的物產展已經停辦，他也就閒下來了。既然這名男子身為行商者，如今卡克優姆村並沒有生意可做，他似乎打算儘早離去。

「咱可不想待得太久，到時搞得連自己都染病。好啦，咱要走嘍。」

「別這麼說，你要不要也試著將狀態欄開來看看呢？」

「阿基，不要講得像在勸人試吃一樣啦……狀態欄開啟！」

「結果尤金先生還是開了嘛。」

沒扯上買賣也沒在發脾氣的尤金，配合度意外地高。

隨著「啵」的一聲，尤金的狀態欄顯示出來。

【名字】尤金・F・萊恩多

【種族】靈長目人科大猩猩屬（♂）

【體長】170～180cm（♂的情況）

【體重】150～180kg（同上）

【體毛顏色】黑、暗褐色

【握力】超過500kg

【出拳力】2噸

【棲息地】剛果民主共和國等地

【移動方式】蹠行

【特技】扔大便

【備註】但是抗壓性弱

「大猩猩圖鑑？」

「咱的狀態欄怎麼除了名字以外都在介紹大猩猩！」

「敗給你們了呢……沒想到不只沙優娜，連尤金都有獨樹一格的狀態欄。這樣單純具備通膨數值的我看起來好傻。」

「咱也想靠膨脹到像是國家預算的數值展露王霸之氣收小弟啊！」

「尤金先生，請你冷靜點……位數多到像老師那樣的話，你會收到的只有取笑，而不是小弟。」

沙優娜開口安撫生氣的尤金，而艾達飛基則看向村子裡。因為他從那個方向感受到強大的傲天之力，而且那股力量還越變越強。

「果然……『敵人』似乎察覺到我們的存在與所持狀態欄了。看來對方正急著到處找人強化自身的傲天之力。」

「我都不曉得老師腦子裡有故事劇情正在進行……」

「阿基根本沒在管什麼鋪陳不鋪陳了嘛……話說，傲天之力又是什麼名堂？之後絕對不會說明到吧？」

當然不會說明到。這部分採取以意象帶過的方針。

「我擁有通膨化的數值，而沙優娜和尤金則都有獨樹一格的狀態欄。看來有野心分子想藉疫情在村子裡成為人上人，我們被視為絕佳的吸收目標了吧。趁對方尚未進化完成前，我們這邊必須儘早出擊才行。」

「你也就算了，對方連佩塔吉尼和大猩猩的狀態欄也想要啊……？」

「老師，這麼說來我感到好奇了耶。假如我們的狀態欄被對方吸收掉，之後我們會變得怎麼樣呢？」

「會死。」

「原來這是死亡遊戲類的設定嗎！」

「咱不喜歡這種劇情繞了一圈回來，懶得思考就先把人幹掉的作風耶？」

「當然，要看吸收者的裁量就是了。我剛才打倒的男性是因為我並無致人於死的意思，才能以昏厥與狀態欄消失的下場作收——但對方未必跟我一樣。畢竟贏家只要動根手指就能讓輸家欲仙欲死，這就是在傲天之爭落敗的命運。」

「阿基，你講清楚是會淫還是會死啦。」

沙優娜總算搞懂這種流行病的真正可怕之處。狀態欄會冷不防地開啟，若是死鬥因此展開，最糟的情況將導致其中一方喪命——名副其實的致命絕症，這正是「傲天症候群」。尤有甚者，村裡還潛伏著積極利用這種病的野心分子……亦即艾達飛基口中的「敵人」存在。

事態比原本想得還要嚴重，應該沒空讓眾人悠哉了。村長會十萬火急地把艾達飛基請來村子裡，可說是正確的判斷。

「老、老師……趁還沒有更多犧牲者出現，我們是不是該採取什麼行動……？」

「是啊。畢竟對方似乎會無差別地襲擊村民，強行吸收狀態欄。」

「這表示犧牲者會越來越多嗎……你們師徒倆別來這村子是不是比較好？咱先到這個村子也沒出狀況，感覺是之後你倆抵達這裡，才讓對方起了反應採取行動。」

尤金說得彷彿與己無關。不，實際上這確實不關尤金的事，他顯得不太擔心。

儘管人們奉大猩猩為心地善良的森林賢者——這個徒具大猩猩外表的商人是不是心智比

黑猩猩還不如啊——沙優娜以帶著譴責味道的眼神看向尤金。

「你這黑心猩……！」※黑心大猩猩的簡稱。

「怎樣？妳想被握力五百公斤使出的兩噸重拳打屁股嗎？」

「大猩猩不算人類，所以尤金先生缺乏人性也是難免的！可是我覺得都出現犧牲者了，還這麼漠不關心有問題！你這隻又黑又臭的大津津！」※心急口誤。

「別急著罵人啦！咱差一點被妳的口誤嚇到！要吵架咱一定會奉陪，不過丫頭妳好像有誤解，所以咱話先說清楚。假如你倆不在，只有咱一個人遇到相同的事態，咱也會拚命想辦法解決的啦。」

「尤金先生這句話……是什麼意思？」

「既然阿基在這裡，咱哪需要想東想西窮費勁啊。反正已經有人委託你倆對付流行病了吧？那麼咱只要在旁邊看著就夠啦。」

「簡單來說，我們是一對帶把的拜把兄弟。」

艾達飛基使出行雲流水的身手……一把抓在尤金的胯下。

有艾達飛基在這裡，問題肯定能解決。就算「敵人」已經奪走村裡居民的性命，他還是有辦法處理。長年交情帶來的信任，使尤金覺得自己置身事外。假如有必要，艾達飛基自會叫尤金幫忙，他到時再出力就行了。

總之先不提那些。艾達飛基耍寶對尤金用了一招猴子偷桃，結果就被大猩猩以過人的握力出拳打在臉上，整顆頭都飛掉了。

「阿基，這年頭學烏龍少爺抓小雞雞誰會懂啦！都多久的作品了！」

「因為這種理由就把信賴好友的頭打飛，尤金先生你也夠離譜的了！當自己是《漂流武士》的鬼島津嗎！」

「尤金是打我才敢下重手啊，沙優娜。」

艾達飛基一邊把飛掉的頭裝回去，一邊開朗地幫尤金說話。

「你怎麼還活著？」

「請問老師的親戚裡有沒有名叫R・田中一郎或則卷阿拉蕾的人？」

「看來瀰漫在這個村子的高濃度NS粒子，似乎促成了平時沒辦法實現的暴力笑料。這應該反映了拿洛村和卡克優姆村有著兒戲般的共通生死觀。」

「經過老師的說明反而更令人混亂，所以請不用再說了。」

「反正你趕快出馬解決問題就對了啦！咱都被你搞累了！」

＊

「哦……還以為是誰來了呢，這不是之前關照過我的一行人嗎？」

艾達飛基等人朝村裡趕去以後，等著他們的是個留黑髮、中等身高體型，看起來還適合穿女裝的娃娃臉少年。少年一看見艾達飛基等人，臉上就浮現敵意畢露的獰笑。從對方的口氣聽得出來，他似乎認識艾達飛基等人。

「老師，你關照過那個人嗎？」

「沒有，一點也不。話說回來，這位仁兄長著一副會坐在寶座上讓眾女角隨侍於周圍的面相呢。」

「阿基你跟那種紀念照構圖是不是有仇啊？」

「你們幾個，可別說都把我忘了──尤其是那隻大猩猩！」

「咱嗎？」

「老師，這個人開始把大猩猩當成自己的代名詞了耶。」

「門檻應該比承認自己是戀童癖要低吧。」

讓少年反應激動的人竟不是艾達飛基，而是尤金。然而，尤金對這個紀念照構圖男孩卻毫無印象。

不知道樣板構圖男孩是否有注意到那一點，他自顧自地繼續把話說下去。

「我一直沒辦法服氣。神賜了外掛給我，然而我為何會敗在區區一頭大猩猩手上？不過，那已經無所謂了。接下來我要『吞掉』你們幾個，讓自己的外掛更強！」

「可是吞了我只會對佩塔吉尼選手變得熟悉耶……」

「吞了咱只會對大猩猩變熟悉喔。」

「吞了我大概可以變強吧……話說回來，你到底是誰啊？」

「……？咦？你們幾個，難道都不記得我嗎？」

寶座男孩一臉意外地反問，另外三人都點頭表示不記得。雖然只要在書店裡面繞一圈，應該就可以找到幾個構圖及外表相似的封面人物——

「是我啦！我啊！看了就曉得吧！」

「原來是你啊。那我們差不多可以開始交手了吧？」

「老師絕對沒有認出對方是誰，卻隨口敷衍過去了……！」

「這種角色就是乍看下沒辦法立刻認出誰是誰，才會在網路上變成笑柄啦。」

「我是『四轉聖』！可別說你們都忘了，賢勇者、溫德莉莉絲公主，還有大猩猩！」

「呃……那是幹什麼的來著？他說的『四轉聖』。」

「印象中好像是上一集最終話曾出現的過場要素……」

「這種感覺跟同學會上有完全不記得的同學突然找自己聊回憶很像耶。」

因為如此，艾達飛基召喚出意義可比畢業紀念冊的本作第一集，並且瀏覽其中的內容以確認情報。沙優娜和尤金也跟著探頭複習，於是在讀到最終話的末尾時，對方提到的那個詞才總算出現而讓他們想起來。大家也回顧看看吧★

「由此可知，之前毫無描述就被尤金打倒的『四轉聖』之一，拖到現在才發揮出個性，然後就以那個紀念照男孩的身分再次登場了。」

「從上一集挑這種要素出來編劇情，是不是很沒有眼光啊？」

「話說『四轉聖』全都沒兩樣，你又何必跟咱強調自己是其中之一……」

「全都沒兩樣？那是我以外的三個人。我可是擁有專屬臺詞的。」

「你有臺詞……？可是『四轉聖』在我的記憶之中並沒有講過臺詞啊。」

「老師，這個人說謊都不打草稿的吧？」

「你們給我仔細重讀！在第一集兩白六十九頁第三行！」

聽你講完還要重讀很麻煩耶……三個人一面這麼想，一面確認對方提到的頁數位置。

上頭寫著「國王，萬一那名賢勇者出現在現場——」這樣的臺詞。

「這句臺詞怎麼了嗎？」

「講那句臺詞的人——就是我。」

「你的戲分未免太路人了吧！為什麼才講這麼一點臺詞就敢主張自己是個有頭有臉的角色！難道你的認同需求高過三大慾求嗎！」

「結果這個人活脫脫就是硬加的角色嘛！」

「不過在改編漫畫或動畫之際，應該會畫出他跟另外三人的區隔。」

「目前什麼改編企畫都沒有，阿基你講那個也是白搭啦！」

就因為要出第二集，才勉強找出可回收的伏筆再次利用——這個紀念照構圖男孩正是如此誕生的產物吧。沒有讀者料到他會再次登場（篤定）。

「他讓咱想到明明參加社團沒多久就退出，卻因為待過短暫期間就在畢業後回社團擺老的那種人……」

本身的存在終於得到認同，樣板構圖男孩顯得一臉滿足。

「跟『廣澤克實選手屬於何隊退休球員的爭議』有相通之處呢。」

「我認為老師說的跟這件事毫無相通之處。」

「話題扯遠了，但我擁有的可是最強無敵外掛。接下來我會奪走你們的狀態欄，都給我做好覺悟吧。」

「原來如此。看來你不懂最強、無敵與外掛這些詞在本作裡，魅力連白飯免費加大的促銷詞都比不上哪。」

「換句話說，彌生軒在這本小說裡是最強的……？」

「彌生軒是白飯續碗免費，而不是白飯加大免費。」※部分店鋪例外。

「我要上了——」

在樣板構圖男孩前進的同時，艾達飛基也上前一步。對手再怎麼說都是公認能力傑出的異世界轉生者，實力絕不算弱才對。

不過，他們也是艾達飛基厭惡至極的人種，因此結果幾乎可以想見——

「——狀態欄開啟！」

【名字】不知火刹那

【種族】無比接近神的人族（♂）

【年齡】剛學會自瀆的猴崽仔

【職業】前四轉聖（無職）

【等級】∞

【HP】∞

【MP】∞

【體力】∞

【智力】∞

【敏捷】∞

【靈敏】∞

「好像小學生自創的遊戲王卡片能力值！」

「這只是懶得想數值而已吧！看起來反而讓人覺得弱！」

「這便是我……等同於神的力量！就算是大猩猩與賢勇者也贏不過……！」

「原來如此——仔細一看，只有智力這欄標的是『∽（相似號）』呢。」

「啊，真的耶……老師讀得真仔細。」

「連這種東西都肯一條一條過目看完，阿基你真的很好心……」

「不過，我面對轉生者可不能輸。這次輪到我了，狀態欄開啟！」

【名字】艾達飛基・齊萊夫

【種族】肯定是人族（♂）

【年齡】睡前會來一槍

【職業】賢勇者

【等級】0

【HP】0

【MP】0

【體力】0

【智力】0

【敏捷】0

【靈敏】0

「這——這是！唔啊啊啊啊啊啊啊啊啊啊啊啊啊啊啊啊啊啊！」

樣板構圖男孩目睹艾達飛基的狀態欄，頓時捧著頭在地上四處打滾，甚至還不時吐血。

「這傢伙怎麼受了重傷啊？」

「剛才老師的狀態欄不是通膨到難看的地步嗎？這究竟怎麼回事？」

「妳問得好，沙優娜。這正是逆向思考，在列出狀態欄的輕小說中相當於哥倫布立蛋！『數值全部掛零反而顯得高深莫測之理』！」

「的、的確……有種深不可測的感覺耶！明明實際上只是什麼都沒想！」

「對吧。全部掛零，就表示所有數值或許都溢位了。他憑本能察覺有那種可能性，當下就領悟到自己的傲天之力不如我。」

「理論怎樣都好，可是連HP都表示0的話，阿基你不就掛了嗎？」

面對「∞」這個數值上所能想見的極限，艾達飛基使用代表一切源頭的「0」來對抗，結果好像是0比較帥——忍不住這麼想的樣板構圖男孩帶著滿身黏汗勉強站起身。艾達飛基的傲天之力似乎還沒有將他完全擊垮。

「還、還沒完……！我……還沒有輸……！」

「沒想到你意外頑強呢。靠這樣居然吸收不到你的狀態欄。」

「我的狀態欄裡還有保留的王牌……！就用這張王牌決勝負……！」

「我就接受你的挑戰吧。不管你使出什麼，我的傲天之力都會高過你。」

「咱覺得這裡就跟小學教室一樣呢。」

「反而有種溫馨的感覺了耶。」

儘管最終落敗的話有可能會死，但是用狀態欄互拚的較量方式並不會傷害到彼此的肉體，因此看起來和平無比。

「接招吧啊啊啊啊啊啊啊！狀態欄開啟噫噫噫噫噫！」

【名字】不知火剎那

【所持技能】

「破壞LV10」、「再生LV10」、「創造LV10」、
「魔力失控LV10」、「天才LV10」、「魔眼LV10」、
「超加速思考LV10」、「邪眼LV10」、「近視LV10」、
「高人LV10」、「極限突破LV10」、「體術王LV10」、
「斬擊神LV10」、「次元超越LV10」、
「痛覺隔絕LV10」、「性慾旺盛LV100」、
「五感超強化LV10」、「神知識LV10」、
「滋賀縣LV10」、「念動力解放LV10」、
「潛力解放LV10」、「匿蹤LV10」、
「禁忌LV10」、「屬性無視LV10」、
「攻擊無效LV10」、「即死附魔LV10」、
「異常狀態無效」、「即死無效」、
「防禦貫穿」、「物理性傷害無效」、「反射無效」、
「攻擊必中」、「三重縣」、「殘虐」、「憤怒」、
「斷罪」、「饕餮」、「敏感」、「森羅萬象」、
「罪之蜜（Guilty）」、「殺生石黑曜（True's Patient）」、「傀儡之爭（The Imitation）」、
「岐阜之縣（常忘記字怎麼寫）」、「不死之症（Neo Aspect）」、「無我矜持（Petting Pride）」

「塞得有夠滿……」

「咱頭一次見識拉麵二郎也有類似的感覺。」

樣板構圖男孩想靠大串的技能，而非數值來展現傲天之力。拚命編了一大串固然不錯，可是到底有沒有讀者肯把這些全部讀完呢？深感疑問。

「這就是我擁有的最強技能陣容！天選的外掛之子正是我！」

「BAN掉這傢伙吧。」

「我從上到下仔細讀過了——他擁有的技能看來還算有意思。」

「老師，我本身非常想討論那些縣名耶。」

「咱想對性慾旺盛的部分說幾句。」

「這樣你休想贏過我，賢勇者！」

「想得美，樣板構圖男孩。你的狀態欄有一項重大缺陷——我現在就用傲天之力指點指點你吧。狀態欄開啟(卍解)！」

「阿基你別亂標小字啦！」

【姓名】

↑請填入喜歡的角色名稱吧！

【所持技能】

↑盡情將你想出來的技能填入這個欄位！完成後就上傳到推特吧！

THAT WAS THE ORIGIN OF ALL TRAGEDY.

「自由填寫欄！」

「這本小說真的每次都在給讀者添負擔耶！沒有人會想填這種鬼東西啦！」

「唔喔啊啊啊啊啊啊啊啊啊啊啊啊啊啊啊啊啊啊啊啊啊啊啊啊啊啊啊啊啊啊啊啊啊啊！啊……啊啊！」

樣板構圖男孩飛得老遠，並且仰身倒在地上，還頻頻抽搐。抽搐在不久後停下，然而他就這樣翻著白眼不動，看來人已經昏厥過去。

與此同時，他的狀態欄正逐漸被艾達飛基吸收——

「所謂真正的力量，就是閱讀本作的讀者之力。有多少讀者便有多少種能力，其可能性更有無限大的擴展空間——有別於你那種記號性質的∞，這才是真正的無限力。你的敗因，說穿了就是『對讀者不夠用心』——」

「別把這種腦筋急轉彎當成武器啦。」

「何況本作的讀者並沒有老師說得那麼多……」

「阿基，話說這在電子書籍版要怎麼處理啊？」

「這個嘛……只能請讀者直接用油性筆寫在螢幕了。」

「行動裝置會在讀者翻到下一頁的瞬間變成產業廢棄物啊！」

「買實體書不就可以分成供填寫以及閱讀用兩本了嗎？這是在嘗試藉機促銷。」

「這招太下三濫了啦！」

「尤金先生，我看這本書遲早會附贈應募抽獎券一起賣吧……」

「含這次在內，所有手法都是照編輯的指示行事，因此罪不及我等。請你們放心。」

「急著把責任推給上面的人是在搞屁啊！」

「像老師這樣，到底有哪裡對讀者用心了！」

艾達飛基認為那是讀者該自己思考的問題，便沒有做出任何回答。

將身為「敵人」的樣板構圖男孩打倒之後，事情可說告了一個段落。在這個村子，應該已經沒有人會主動狩獵其他村民的狀態欄圖利己身。為了終結流行病，艾達飛基決定再一次細訪村中。

*

「呼。這樣我就將所有村民的狀態欄都吸收完了。肚子好飽……再也吃不下了。」

「原來老師說的吸收是實際納入體內啊。」

「阿基你這樣會吃壞肚子喔。」

被艾達飛基奪走狀態欄的人會短暫昏迷，之後將有好一陣子都沒辦法開啟狀態欄。然而，「傲天症候群」是會強制排出狀態欄的流行病，因此只要排不出狀態欄就對人體無害，病情在這段期間也將逐步痊癒。艾達飛基已經吸收全體村民的狀態欄，所以治療手續到此便結束了。

「感謝您哪，賢勇者大人！這樣村子就得救了！」

「哪裡、哪裡。結果並沒有人因病喪生，算是不幸中的大幸。」

儘管樣板構圖男孩從村民們身上奪走狀態欄，但不管怎麼說，似乎並沒有致人於死地。話雖如此，傲天之爭的敗者還是瀕臨喪命，假如當時就那麼放著不管，恐怕會有眾多的村民陷入昏死。關於男孩之後要如何處置，優克卡村長表示會另行思量。

「村長，等村子安頓以後，請再找咱過來。這次咱先告辭了。」

「這位生意人好像沒幫上什麼忙，不過老夫仍要謝謝你。」

「你這村子還是早點輸給拿洛村吧！」

尤金一邊放話，一邊先從村子離開了。揮手目送好友的艾達飛基則撫摸鼓起的肚子，同時歇了口氣。

「那我們也差不多該回去了，沙優娜。」

「說得對呢。我也覺得好累……」

「賢勇者大人，老夫會在日後派人將謝禮確實送到。」

「我明白了。想必村長也有耳聞，路途中的樹海非常凶險，還請挑個身手矯健的人過來我這裡。」

「老夫了解。再次向賢勇者大人致謝，誠摯感激您出手相救。」

「別放在心上，這是我的工作。那麼……沙優娜。回程中，妳有沒有想吃的東西？雖然我已經飽了，但妳的肚子應該餓了吧？」

「唔嗯～……我想吃可以暖暖身子的——哈啾！」

話說到一半，沙優娜突然打了個噴嚏。

於是——

【名字】沙優娜（假名）

【種族】人族（♀）

【年齡】潤澤有光

【職業】賢勇者的徒弟

【等級】1999

【打席】576

【打點】112

【打擊率】0.325

【觸身球】7

【上壘率】0.469

【全壘打】44

「這……這是佩塔吉尼選手來日第一年的全盛期賽績！怎麼會自己冒出來！」

「沙優娜，妳——原來如此，我懂了。」

「畢竟是流行病哪……」

「咦……？老師，我想請問一下……這該不會……」

沙優娜戰戰兢兢地向為師的請教自己身上出了什麼狀況。艾達飛基緩緩點了點頭，對她的推測表示肯定。

「妳並沒有說要開啟狀態欄，狀態欄卻在打噴嚏的同時冒了出來——正如妳所想，那是『傲天症候群』的早期症狀。」

「看來這位女徒弟似乎**不幸感染到了**哪。」

「怎、怎麼會！我才不要這樣！很丟臉耶！」

沙優娜忽然想起尤金之前說過「咱可不想待得太久，到時搞得連自己都染病」這句話。「傲天症候群」具有強大的感染力。尤金是強健的大猩猩，艾達飛基姑且也靠著吸收狀態欄補充了營養，吐槽到累的沙優娜身體條件跟他們不一樣，才會輕易染病吧。

從這裡要回到艾達飛基的住處有一段距離。沙優娜不想抱著這種丟臉的病在外頭走動，就抓住艾達飛基的長袍央求：

「老師！拜託你，請立刻吸收掉我的狀態欄！」

「我肚子太飽，這真的有點為難……但是不要緊，妳還在早期症狀，感染力應該比較弱，到家之前我會用魔法進一步壓抑感染力，妳大可放心對於周遭安全的考量。」

「既然老師有這種能力，就用魔法治好我啦！」

「我說過了吧，這種流行病並無特效藥。在家裡慢慢休養幾天想必就會好，妳就跟失控流出的佩塔吉尼賽績和睦相處，直到病癒為止吧。」

「不……不要啦啊啊啊啊啊啊啊啊啊啊啊啊啊啊啊啊！」

如此這般，當徒弟的動不動就會秀出佩塔吉尼選手的戰績，不曉得她在回程途中究竟當著眾人的眼前展示過多少次？

還有，不曉得她對佩塔吉尼的生涯賽事成績多了幾分認識？

當中的詳情，全然不得而知──

《第九話　終》

第十話◎殘暴與徒弟

………………………

Great Quest For The Brave-Genius Sikorski Zeelife

「口好渴……」

沙優娜在打掃完之後來到廚房，想找有沒有什麼可以喝的東西。沙優娜左看右看地將四周望了一圈，發現有水瓶泡在注了水的桶子裡。液體透明無色，看起來與水相近。

「這是……已經放涼的水？」

沙優娜打開瓶蓋用手指沾起內容物並且舔了一口，嘗得出些許甜味，滋味像是糖水。艾達飛基有烹飪的嗜好，或許這是他要拿來用的。

「我喝一點點……應該沒關係吧？」

這話並不是在向誰徵求同意，但沙優娜咕嘟咕嘟地喝下那瓶液體。

「……？咦……？身體感覺怪怪的……」

有股熱流以腹部為中心逐漸向外擴散。

當沙優娜察覺有異時，身體已經橫躺在地上——

「哎呀，我居然這麼粗心，完全忘了有新調製的藥劑在冷卻。」

艾達飛基一邊喃喃講著說明味超重的臺詞，一邊從「別院」回來。

於是他在抵達廚房的瞬間，注意到有東西掉在地上。

「唔……這是沙優娜的衣服？居然脫了就扔在這裡……」

頑皮的小鬼頭嗎？艾達飛基如此嘀咕。當他撿起散落的沙優娜衣物，打算直接拿去洗的時候，衣服裡有東西蠢動起來。

「這、這是——」

「呼啊啊啊…………………嗯～？這裡是什麼地方？」

出現在艾達飛基眼前的，是個一絲不掛的年幼少女。

柔順的琉璃色秀髮與那張面孔，艾達飛基不可能會弄錯。

「——沙優娜，妳喝下去了嗎……！那瓶藥……！」

「……你是誰～？」

沙優娜變成女童了！

＊

「嗨～咱來叨擾嘍……唉～真夠累的……」

身上行裝有許多地方燒得焦黑，全身處處可見擦傷的尤金一臉疲倦地來到艾達飛基的住處。這裡是位於樹海盡頭的隱居地，因此調味料以及一部分的日常用品都得由行商各地的尤金帶過來，這次也一樣如此。

「唉呀……是你啊，尤金……歡迎、歡迎……」

「怎麼，阿基。連你都累啦？唉，隨便啦，給咱倒個水。」

「請稍等……」

雙頰消瘦還冒出黑眼圈的艾達飛基出來迎接尤金。難道他正埋頭於研究嗎？尤金隨便做出這樣的解讀。

然而尤金發現，平時會出來迎接自己的另一個居民不在。

「奇怪……那丫頭呢？她出門啦？」

「沙優娜她——」

「奴隸！奴隸！這好難吃！」

有個穿可愛禮服的女童踏著碎步，匆匆來到這裡。

尤金的目光變了。（血統覺醒）

「喂，阿基。這個女娃——」

「給我重做！」

「啊噗！」

女童經過碎步助跑，以不符年齡的精準手勁華麗地把盤子砸到艾達飛基的臉上。

餅乾在用臉接盤子的艾達飛基身旁掉了一地。

「……嗯～？奴隸！這是誰？」

「他、他是……」

「大猩猩！有一隻大猩猩耶～！」

「不，他是我的朋友兼童年玩伴尤金。」

「住口！」

「啊啊啊。」

女童行雲流水地一腳踹在艾達飛基的小腿上。那一腳理應沒多大威力，能精準命中痛處的本事卻讓艾達飛基痛得死去活來。

尤金一邊交抱雙臂，一邊對女童再三觀察。接著他嘀咕問道：

「這小不點……就是那丫頭？」

「人家才不是小不點！人家叫沙優娜！溫德莉莉絲！」

「報名字總該選一邊吧……唉，算了。阿基，這究竟是怎麼搞的？」

「先聲明，我並不是為了你才把她變成這樣的。」

「這還用說！假如你為了咱特地把那丫頭變成女童，咱反而只會覺得開心！不對，咱也不會覺得開心！剛才那是在耍嘴皮！抱歉！」

尤金以音速填起自掘的墳墓。

「其實我做了某種可以只讓肉體年齡回歸青春，記憶仍舊保持原樣的藥。她似乎就是誤飲了我調的『一硬頂到肚回春劑』……」

「又是這種名稱古怪的發明——……等等，你說記憶會保持原樣？」

現在的沙優娜無論怎麼看都只有四五歲，連精神年齡也差不多。而且她根本就不記得艾達飛基和尤金，狀態跟艾達飛基所述的藥效似乎差得很遠，尤金因而露出納悶的眼光。

「呃，實際上這藥還在實驗階段。看來肉體年齡雖然變回去了，記憶也跟著肉體倒回當年了。這藥還有改良的餘地。」

「換句話說，這丫頭現在——」

「是的。她處於完全不認識我們，而且仍在英格爾聖王國當公主的狀態……」

艾達飛基大大嘆了氣，然後垂下肩膀。看得出他相當疲倦。

「能變回來嗎？假如她一輩子都這樣，你……」

「本系列將因為女主角不在而就此完結呢。」

「不是吧，第二集就該腰斬結束了啦！這個系列再怎麼死撐也會在這一集收尾！」

「那種藥終究只能讓肉體暫時變回年輕，隨時間經過應該就會恢復原狀才對。」

沙優娜喝下藥劑是在昨天正午左右，現在才剛過中午。隔了整整一天，照理說也差不多該恢復了，但是沙優娜至今仍然沒有變回來的跡象。

尤金一面點頭接話：「這樣啊。」一面配合沙優娜的視線高度蹲下。

「哎，反正咱喜歡小孩，也許她保持這樣反而好。」

「順口就自己招了一段精采的供詞。」

或許尤金的話裡另有深意，艾達飛基有點不敢領教。

「大猩猩？你怎麼了？」

「咱不是那個意思啦！啊～初次見面，沙優娜。大哥哥叫做尤金，所以請妳別叫大猩猩，改叫尤金哥哥好嗎？來，只要妳肯叫，這顆糖果就給妳！很好吃喔～？」

尤金和氣地微笑。面對小孩的時候，必須先讓彼此的視線同高。而且要時時保持笑容，再準備一些名副其實的甜頭。

只要遵守以上準則，大部分的小孩都會卸下心防。

這正是尤金以往行商學到的經驗法則。

沙優娜默默朝尤金臉上甩了個動真格的耳光。

「唔喔！」

「叫你大猩猩就是大猩猩！不准違抗！」

沙優娜氣歸氣，還是搶走尤金手裡的糖果，相當精明。

「…………欸，阿基。咱從剛才就隱約感覺到了，這臭小鬼……」

「沒錯。如你所察──當時的沙優娜，是個**不折不扣的暴君**。」

照艾達飛基的說法，沙優娜……溫德莉莉絲是英格爾聖王國的第三公主。而且她是國王續絃產下的女兒，上頭有歲數差距大的哥哥與姊姊。與此無關的是，據說父母兄姊都對身為么女的她疼愛有加。

換句話說，尊為公主的沙優娜在當時被寵上了天，使得她直覺性地養成全世界都是隨著自己出生才會跟著存在的怪物觀念。

「我從昨天起，就一直被她耍得團團轉……畢竟她現在是這個年齡，我真的不懂該怎麼應付……折騰到現在，我對原本的沙優娜簡直思念無比……」

「能把你逼到這種地步，這小鬼果然厲害啊……」

「再說我也不能對女童動手動腳……所以請你也別染指她喔？」

「別換一套用詞啦！咱才不會！」

「欸欸欸，大猩猩！你看、你看～！人家的禮服很可愛吧～！」

沙優娜看起來完全不管大人在頭痛的事情，提起裙襬當場轉了一圈。再頑劣也是位公主，沙優娜在這個年紀單論外表即使被形容成天使也絲毫不為過。她那嬌憐可人的模樣，甚至可比做工精美的玩偶。

「噢……噢噢～超可愛的耶。咱說真的……可愛到不行。這是怎麼搞的？奇蹟嗎？」

「你不要這樣，尤金。」

「欸，咱沒有其他意思啦！就說咱喜歡小孩了！你要相信自己的朋友！」

「但我正是相信你，才會事先警告。」

「跟你講不通耶！以前咱常照顧年紀小的妹妹，你也知道對吧！」

「這件禮服呢～是那個奴隸幫我做的！明天以後，我就會把這當抹布！」

暴君帶著燦爛的笑容，對艾達飛基親手製作的禮服宣判死刑。公主不會穿同一套衣服第二次——看來她是以自然本色在實踐這種說法。

製作那套禮服的艾達飛基流下淚水。

「呵呵……因為她現在這樣實在沒有合身的衣服，我才趕著幫沙優娜做了那套禮服……

誰知道會被她這樣對待……」

「沒想到你似乎意外會是個好爸爸耶……」

「欸欸欸，大猩猩！我們來玩馬兒跑～！」

「嗯？好啊，咱知道了。那就由大哥哥當馬——」

尤金還沒有趴到地上，沙優娜就已經先趴下去進入狀況了。沙優娜要玩「馬兒跑」，哥倆都以為是由她騎在尤金身上玩，然而他們完全猜不透這個暴君的心思。

「人家是馬！人家是馬喔！」

「唔嗯，這樣看來，她該不會認為玩『馬兒跑』就是兩個人都趴在地上學馬跑？」

「噢、噢噢……別說了啦。咱真的覺得好可愛。」

「大猩猩～！你可以騎上來喲！」

「……？騎？叫咱騎妳？」

尤金原本想效法沙優娜趴下來學馬跑，現在卻接到要他騎上去的指示，使得尤金偏頭表示不解。彷彿等不及的沙優娜還開口催促：「快呀！」

「啊～沙優娜。難道妳想當馬？可是，咱騎到妳身上的話，會把妳壓扁耶？所以我們倆還是互換一下——」

「**人家知道**啊。」

「咦？」

「這……難不成……」

「人家知道啊。如果大猩猩騎上來，人家就會被壓扁。」

「那、那妳怎麼還叫咱做這種事……」

澄澈的眼睛朝著尤金和艾達飛基直盯而來，哥倆背後都冒出冷汗。

「人家可是公主喔？所以呢，人家的命令是『絕對』的喔？敢反抗的話，大猩猩就要被抄家滅族，懂了嗎？來吧，快點騎上來。」

「不對，可是咱騎上去的話，妳會被壓扁……」

「壓扁就壓扁啊？不過那樣的話，父王、母后，還有王兄、王姊都會非常生氣，氣到直接把大猩猩抄家滅族。」

「…………」

「你們家所有人都會死光光。」

「該怎麼說呢……這就是來自王室的『死刑宣判』嗎？」

沙優娜依舊趴在地上當馬，還用高壓的態度想逼迫尤金屈服。這豈是小孩會有的行為？

艾達飛基全身冒雞皮疙瘩。

沙優娜笑吟吟地帶著純真無邪的笑容對尤金說：

「——**騎上來**啊？」

「……饒、饒了咱吧……求求妳，放咱一馬……」

尤金・F・萊恩多——這是他出生後首次真情流露地哭著向女童下跪求饒。

艾達飛基身為他的朋友，清楚地見證了這決定性的一刻。

「奴隸，不然就換你騎上來好了？」

艾達飛基也哭著下跪了。

*

「那個女娃怎麼搞的啊！她的內在根本是黑道吧？感覺她的設定都可以在社群網站上面炒一波人氣了！」

「簡直可以說她是『朕即國家』的體現者，儼然會成為名留歷史的暴君（沙優娜十四世）。」

「咱好想念長大後的那丫頭！真的好想念！咱受夠那個怪物（尼祿）了！」

尤金跟艾達飛基一樣，也開始渴望原本的沙優娜。平時這男人常常用暴力解決問題，面對女童卻無法施展，結果似乎就只能對沙優娜百依百順了。

目前哥倆正在準備沙優娜要吃的點心。假如沒供應點心，或者端出隨便準備的貨色，釗對要害的攻擊就會毫不留情地來襲，因此只好乖乖聽命。從沙優娜敢對賢勇者以及其好友頤指氣使，還不容許做任何反抗這一點看來，她應該有當女王的氣度。

「話說回來，尤金。我從剛才就感到好奇，為什麼你才剛到我家，全身上下就已經弄得破破爛爛了？」

「──啊，對了。咱就是因為弄成這樣，有件事非提醒你不可。」

尤金的身手強到誇張，即使是「慾望樹海」，他也可以幾近毫髮無傷地通過；唯獨今天卻受了輕傷，艾達飛基不會對此渾然不覺。

「樹海裡有『克爾柏洛斯』在作亂。咱開溜的時候，就被那隻畜牛稍微燒到了。」

「喔，已經到了這個時期嗎……可真不湊巧。」

克爾柏洛斯是有三顆頭的狼犬型魔物。這種大型魔物又稱地獄看門犬，會定期在樹海的內部大肆作亂。放著不管的話，克爾柏洛斯很可能會跑出樹海加害民眾，因此艾達飛基每次都要親自進樹海鎮壓。

既然尤金實際遭受攻擊，情報應該千真萬確，看來必要儘早採取措施了。

「這樣的話，我希望馬上跟你到樹海走一趟，但是──」

「咱是無所謂……不過那個公主肯定會跟來啊……」

哥倆聯手就不會輸給克爾柏洛斯，然而那並非身邊帶著女童還能應付的對手。

「想必會……可是讓她看家的話，屆時我的財產難保不會被破壞殆盡。」

不過，感覺沙優娜並不是會一個人乖乖看家的那塊料。

沙優娜似乎可以靠本能分辨東西的優劣，像昨天她就擅闖艾達飛基的房間（原則上徒弟禁止進入），還盡挑有價值的東西搶走。

基本上，當時被搶的東西後來都有歸還，但沙優娜要是被留在家裡而鬧脾氣，天知道她會做出什麼事。

艾達飛基默默地在製作的其中一塊布丁上灑下神祕的粉末。

「阿基，你那是……」

「我灑的是糖粉。舔一小口就會突然湧上強烈睡意的那種。」

「……只有一塊布丁上面灑糖粉會顯得不自然吧？其他布丁也要灑一點吃了不會想睡的糖粉啦。」

眼前這一幕是好端端的兩個大人正在認真討論對女童下藥的光景。目前的沙優娜已經被哥倆認定為：比以往對付過的任何敵人都還要棘手的存在。

「讓妳久等了，沙優娜。這些布丁是我的自信之作喔～」

「哇！人家喜歡布丁～！跟哥哥差不多喜歡！不過比不上姊姊！」

「妳真的很喜歡哥哥和姊姊耶～」

「你應該稱他們為喬可思王子和伊琉馨公主才對。人猩猩，這是不敬之罪，死刑。」

「啊，是咱錯了。」

沙優娜悄悄伸出手……尤金就默默把自己那份布丁上繳。

而且她還將艾達飛基的布丁也一起搶走。

「奴隸的份，從一開始就歸人家所有！」

「哈哈哈，真拿妳沒辦法。那就請妳好好享用所有人的布丁吧。」

（這小鬼還真的連咱們的布丁都搶走了……）

（不過這樣一來，所有布丁都會進到她口中才對……！）

萬一沙優娜要求「拿你的布丁跟我換！」，灑了睡眠藥糖粉的布丁或許就會換到艾達飛基他們手上。不過，操那種心是多餘的，看來暴君從一開始就打算獨占所有布丁。既然如此，她遲早會吃到睡眠藥糖粉布丁才對。哥倆都在內心叫好。

妳趕快吃一吃睡覺覺進夢鄉吧！哥倆如此心想，然而事與願違的是，沙優娜盯著布丁一直看，而且她看的還是灑了睡眠藥糖粉的那一塊。

「怎麼了嗎，沙優娜？別客氣，妳可以全部吃掉喔？」

「我對自己的手藝可是很有自信！想必合妳的胃口喲！」

「…………」

沙優娜舀了一匙睡眠藥糖粉布丁，然後將湯匙伸向哥倆。

「啊～」

「「咦！」」

「嘴巴張開。我先餵你們兩個吃。」

「不不不，這怎麼好意思。像我們這樣的草芥哪能吃妳的布丁……」

「咱、咱倆會去找一片灰塵灑水舔乾淨啦，妳甭費心……」

「為什麼你們都不張嘴呢？這是你們兩個做的吧？」

（這、這小鬼……！）

（她大概是靠直覺發現的吧……？她知道這份布丁有鬼……！）

應當是身為公主預防毒害的本能起了作用。之前沙優娜從來沒要人試毒，這一次卻精準地挑中**加料的**布丁催哥倆先吃。

她的眼神看起來就像在衡量對方。事實是兩個年紀已經不小的大人想要詭計，卻被歲數用一隻手就數得出來的女童立刻識破了……！

「還是說——你們兩個要人家吃的，是你們自己不想吃的東西？」

（阿基，你吃！吃完咱會幫忙把你扁醒！）

（我、我明白了。事有輕重緩急，就用這個方案吧！）

艾達飛基和尤金交換眼神，當場擬出應急的方案。

然而暴君用空著的另一隻手握起湯匙，舀起第二匙伸向哥倆。

「你們兩個要一起吃。」

（這小鬼太玄了啦！簡直像異世界轉生者一樣接連捅破咱倆想出的方案！）

（長大的沙優娜為何沒有繼承到這份聰穎呢？想了想就讓為師感到難過。）

已經無路可逃了。女童說著「啊～」將湯匙伸來，艾達飛基和尤金同時把那含進口中。

接著他們將布丁一口氣吞進喉嚨，還在同一個時間點從座位起身。

「噗哇嘎！」

「唔喔吼！」

艾達飛基的右拳對著尤金的左臉，尤金的左拳對著艾達飛基的右臉，各自用全力掄了過去。這狀況可稱作交叉反擊拳。

事已至此，哥倆只好用全力互扁，讓彼此從睡意中醒來。他們連眼神都沒有交換就可以採取相同的動作，應該是拜長年的交情所賜。

「布丁好好吃～！ＱＱ軟軟！」

另一方面，暴君彷彿對哥倆的兒戲毫無興趣，只顧著吃灑了糖粉的布丁，對於睡眠藥糖粉布丁則完全沒碰。

糖粉布丁吃完以後，沙優娜突然向哥倆問起感想。

「這份布丁好吃嗎？是什麼樣的味道？」

「「有鐵味。」」

嘴裡都在流血的哥倆同時做出回答——

「散步嗎？人家也要去！」

結果，哥倆試著當面拜託沙優娜留下來看家，她卻不出所料地要求一起跟去。唔唔——艾達飛基露出為難的神情。

「可是，沙優娜。這次散步說起來有點危險，坦白講妳就算處於長大的狀態也會成為負擔，所以為師希望妳能乖乖留守……」

「對啊，沙優娜。咱會帶伴手禮回來，這次真的要拜託妳看家。」

「不管～！人家也要去～！」

（這小鬼聽不進去耶……現在怎麼辦？）

（不得已。你我兩人先出門，我再用魔法將家裡上鎖。）

（可是那樣的話，阿基你的財產就——）

（總比讓她遭受危險要好。損失再大我都會含淚吞下去。）

（真有爸爸的架勢……！）

尤金的思路似乎已經失常，他還對艾達飛基的自我奉獻精神掉淚。哥倆無視鼓著腮幫子強調自己在生氣的沙優娜，做起對付克爾柏洛斯的準備。話雖如此，艾達飛基也只是遞了一柄像樣的劍給尤金而已。

於是哥倆使了個眼色，拔腿衝出家裡——

「你們去哪裡！人家說過也要一起去吧！」

——哥倆正準備要跑，沙優娜就靠著超人直覺洞見未來，一拳捶在艾達飛基的胯下。

要比喻的話，艾達飛基的要害就跟拳擊手練拳常會捶個不停，形狀長得像懸雍垂那種訓練器具一樣遭到重拳打擊。

「咕哇啊啊啊啊啊啊啊啊啊啊啊！」

「阿、阿基！你怎麼了！」

「我、我的胯下……！如果在萬全狀態下，可以稱作KADOKAWA的話……！剛才沙優娜，就是對著我的『WA（蛋蛋）』……精準地出拳……！」

「別特地分解開來做比喻啦！不過需要咱揹你嗎？站不站得起來？」

大概是受到艾達飛基的父性刺激，尤金開始流露出母性。沙優娜就趁著這個空檔跑了出去，她依舊擅長靠本能破壞哥倆想出的方案。

艾達飛基搭著尤金的肩膀，也跟著用內八字的走路方式一抖一抖地來到外頭。

「有狗狗耶～！」

「喂……這怎麼搞的……」

「劇情進展得真快……」

沙優娜一到外頭，就亮起眼睛高興地叫出聲。只見艾達飛基住處的正前方，擋著一隻巨大的黑色三頭犬。牠正是哥倆談及的魔物克爾柏洛斯。

這棟房子原本設有驅逐魔物的結界，但似乎被克爾柏洛斯闖破了。

「牠處在相當極端的失控狀態……這樣看來，要對付會有些費工夫……」

「混帳！沙優娜！妳快退後！」

「跟你們說喔，人家在城堡裡也有養狗狗！可是啊，人家養的並沒有這麼大！欸，奴隸。這隻狗狗是誰養的啊！」

「牠並不歸任何人所有……而且還是魔物。」

「那人家要養牠～！」

『吼喔喔喔喔喔喔喔！』

沙優娜公然宣布要把魔物帶回家，克爾柏洛斯張開大口想要將她咬碎。不過，尤金趕在千鈞一髮之際將沙優娜抱走，驚險躲開了攻擊。

「那不是妳說要養就可以養的啦！算咱求妳，在家裡頭等著！」

「放開我，無禮之徒！」

沙優娜掙脫尤金的手臂，一溜煙鑽到他的胯下。接著沙優娜垂直跳起，使出頭槌讓尤金的F（子孫袋）慘遭萊恩多。

「喔哇啊啊啊啊啊啊啊啊啊啊啊啊啊！」

「噢噢……沒想到除了野原新之助以外還有人會這一招……」

尤金一邊捧著胯下，一邊用內八字的姿勢跪到地上。甚至有說法認為並不是沙優娜精準攻擊哥倆的要害，而是哥倆的要害在吸引沙優娜。

無論怎麼想，沙優娜應付起來都比克爾柏洛斯更加棘手；另一方面，克爾柏洛斯目前正殺氣騰騰。這隻魔犬的三顆頭各有意志，它們被分成「理性」、「本能」與「狗兒」，顯現在外的意志對肉體具有支配權。目前是「本能」在支配肉體，結果克爾柏洛斯便憑著本能到處作亂。

「以往我們都還有辦法對付牠，但是凶性大發到這種地步，或許只剩下將那顆頭砍下來一法了。」

「啊～嘛～……」

「我會攔阻克爾柏洛斯的行動。斬首的任務就交給你嘍，尤金。」

「嘶……哈～……」

痛得死去活來的尤金一面從齒縫吸氣，一面做出回應。呃，他這算是回應嗎——就當作是吧，艾達飛基決定如此看待。

如果哥倆處於萬全狀態，或許還能找找別的辦法。然而現狀是胯下的ＫＡＤＯＫＡＷＡ股價受到重創，他們倆只得收拾克爾柏洛斯以求收拾事態。

可是……支配者自然不會允許哥倆那麼做！

「不行～！你們不准欺負狗狗！」

「呃，我們沒有要欺負牠。這是因為雙方容不下彼此，情非得已……」

「不行就是不行～！」

「我能了解妳的感受，但這實在沒辦法。眼下那隻狗狗還在對我們施加猛烈攻勢喔？單純是我不著痕跡地用魔法在防禦，假如沒了這一層保護——」

「聽話，你這奴隸！」

沙優娜將手臂伸進艾達飛基的長袍縫隙。

隨後她直接把艾達飛基的ＫＡＤＯＫＡ（棒棒）用力往下扯。

「噫啊啊啊啊啊啊啊啊！」

「這小鬼居然把你那話兒當成換氣扇的線控開關硬扯……」

KAD

「我、我我、我的ＫＡＤＯＫＡ……被拉成ＫＡＤＯＯＯＯＯＯＯＯＯＯＫＡ了……」

「尺寸拉長到像是吃了江湖郎中推銷的仙丹。」

尤金已經回復到可以吐槽了，另一邊的艾達飛基卻又變得要死不活。

哥倆的ＫＡＤＯＫＡＷＡ已經數次遭到停機，股東會議上出現不排除抽離銀根的意見。光走路就像芭蕾舞者一樣，必須將腳尖踮起來碎動，現在恐怕並不是討論克爾柏洛斯該怎麼處置的時候。

總之，克爾柏洛斯占了壓倒性的優勢——

「狗狗！人家有點心可以分給你！」

『汪汪汪汪汪汪！』

——沙優娜無意識地用傳送魔法將睡眠藥糖粉布丁喚出。

克爾柏洛斯張開大口想將她咬得肚破腸流，布丁卻早一步進到牠口中。霎時間，三顆狗頭之一的「本能」隨之意識斷線。

「啥……！阿基，原來她這麼小就會用魔法嗎……！」

「不，當時的沙優娜應該不會用才對。畢竟魔法是我教她的。沙優娜的肉體與精神都退化了沒錯，但恐怕只有學過的魔法還留在身上。」

基本上，目前的沙優娜無從得知那些。她只是不明所以地會用，因此就用出來罷了。然而沙優娜在這個年紀便懂得活用傳送魔法，將來應該會成長為更勝艾達飛基的能手才是。簡直可以稱之為神童。

「毛茸茸～」

『汪嗚～』

「而且她還把克爾柏洛斯馴服了……」

「由於『本能』的意識中斷，支配權就轉換給『狗兒』了吧。目前的克爾柏洛斯只是隻長著三顆頭的大狗，完全不會危害他人。」

沙優娜緊緊擁著克爾柏洛斯的頸根。管牠有三顆頭還是魔物，對沙優娜而言克爾柏洛斯從一開始就是隻「狗狗」。而在克爾柏洛斯看來，牠第一次遇見有人對自己毫無加害之心，還肯付出無上的善意。那有別於過去鎮壓都是公事公辦的艾達飛基，或者毫不排斥斬首行動的尤金。

「狗狗好可愛喔～」

『汪汪！』

更重要的是，沙優娜具備馴狗的天分。之前她提過自己至今以來交過的朋友只有狗，不過那也是藉著天分得來的。

此時此刻，克爾柏洛斯已經認沙優娜為主人——變成家犬了！

「奴隸！你現在就幫狗狗準備一個家！」

「呃，我們家裡已經養了之前那隻召喚物……」

「大猩猩負責幫狗狗取名字！」

「妳自己取啦……」

面對發牢騷的哥倆……沙優娜悄悄擺出架勢——孩童隨興自創的架勢。

然而架勢一出，艾達飛基和尤金都用手護住自己的胯下，並且蹲身下腰。原理等同於巴夫洛夫的狗，這兩個傢伙已經沒有辦法違抗沙優娜了——

「唉，要養牠倒是無妨。可是妳要記得每天餵牠吃飯、帶牠散步，有時更要嚴格管教，並且負起責任照顧牠到生命的最後一刻才行喔？所謂飼養動物就是這麼一回事。沙優娜，妳辦得到嗎？」

「那些全部都是奴隸的工作吧？人家只要負責寵愛牠就夠了！」

「情操教育居然在這小鬼面前潰敗了……」

「大猩猩，取好名字了嗎？快講！」

「……狗來福貓來富，既然牠有三顆狗頭，就叫福來三度吧？」

「尤金，你在取名這方面是不是缺乏所謂的品味啊？」

「咱可不想被你這麼說！」

「弗萊珊杜！我喜歡這名字！就這麼決定了～！」

尤金取名的方式隨便到讓人背脊發涼，卻好像意外地合沙優娜的意。

他耀武揚威地笑著看向艾達飛基。

「抱歉嘍？咱到底是生意人，很擅長取名啦。尤其是迎合小朋友的喜好。」

「唔……！沙優娜！我也替克爾柏洛斯想好名字了！就叫牠──」

「啥？奴隸你閉嘴啦。」

「…………」

「照這樣看來，她多少還是保有長大後的知識吧。」

沙優娜本來就對艾達飛基取的名稱持否定態度。大概是骨子裡保留著這種觀念的關係，她甚至不准艾達飛基開口。

賢勇者著實喪氣，而尤金拍了拍他的背，輸贏已分。

後來哥倆回到屋子裡，一會兒要陪沙優娜玩，一會兒要弄晚餐，一會兒還要帶她洗澡，度過了一段繁忙的時間。當然哥倆在這段期間還是被狠狠修理過好幾次，但他們都挺住了，現在沙優娜總算愛睏地揉起眼睛。

「嗯～……」

「哦，沙優娜？妳想睡覺啦？」

「畢竟夜已深了嘛，到了好孩子差不多該睡覺的時間。」

「嗯～……」

沙優娜回話變得隨便。艾達飛基立刻抱起她直接移動到她房間，溫柔地讓沙優娜躺上床。艾達飛基和尤金則在床鋪旁邊的椅子坐下，在心裡拚命聲援已經昏昏沉沉的沙優娜。

（快睡……！快點睡……！給咱熟睡到天亮……！）

（夢鄉正在等妳喔，沙優娜……！快點啟程吧……！）

「欸，奴隸……讀故事書給我聽……」

沙優娜勉強撐著沒睡著，低聲提出應該是今天最後一次的任性。

這個年紀的她，是每晚都要聽母親或姊姊讀繪本的小朋友。

「故事書……是指繪本吧？阿基，你這裡有那種東西嗎？」

「書庫裡有喔。昨天我就唸給她聽了，所以書已經擺在這個房間裡備用。」

「哦，是怎樣的繪本？」

「就是這本。」

艾達飛基從沙優娜使用的書桌上拿起一本書。

在那本書的封面，有異界文字如此寫著：

謝謝　我們會過得幸福

——COMIC HOT MILK 2019年9月號

「這是COMIC HOT MILK（給大人看的繪本）嘛！你都讀了什麼東西給小朋友聽啊！」

「狀聲詞之類的。」

「咱覺得在教育上就連那樣都無法讓人苟同！」

「睡前還是來點熱牛奶最好呢。」

「你講的是拿來喝的嗎！還是拿來用的！」

面對尤金的問題，艾達飛基只是露出一抹賊笑，什麼都沒有回答。

這是最無緣哄女童入睡的繪本之一，艾達飛基卻用手指向沙優娜那邊。

「呼嚕…………呼嚕…………」

不知不覺中，沙優娜已經開始打呼。原本睡意早就來到極限，當她要求讀故事書以後，很快便入睡了。在她的眼裡，肯定連香豔刺激的封面都沒有看進去吧。艾達飛基將成人繪本擺回沙優娜的書桌。

「一旦睡著，她到天亮前是不會醒來的。今晚姑且可以鬆一口氣了……」

「咱可沒想到你敢在女主角幼兒化的章節準備收尾時使出這種險招……」

雖然哥倆鬆一口氣的層面有些不同，總之他們都望著沙優娜的睡臉。

醒著的時候只看外表很可愛，睡著以後就更可愛了。無論是多難纏的惡魔，睡覺的模樣都像個天使。

「呵呵……多麼可愛的睡臉。我們之間要是有了小孩，肯定會像這樣吧。」

「是啊……咱有同感。」

「「…………」」

哥倆默默朝沙優娜看了一會兒，然後同時「唉」地大嘆一口氣。

「我剛才耍寶的臺詞講得太草率了……對不起。」

「不會，咱也沒有精神吐槽嘛……抱歉。」

「總而言之……真夠累人的。」

「就是啊……」

艾達飛基摸了摸沙優娜的頭。沙優娜已經睡熟，熟到對一些些的刺激完全不會有反應。細緻如絹的髮絲被手指頭輕輕梳過，不久艾達飛基就站起身。

「……要不要來喝一杯？之前我收到上好的紅酒。」

「……樂意奉陪。咱來做下酒菜吧。」

累壞的兩個男人靜靜地從暴君房裡離去。

儘管身體沉重得快垮了，據說當晚的酒格外美味——

＊

「呼啊啊啊～……」

沐浴在晨光下的沙優娜隨著呵欠起床了。

接著，她立刻發現自己的身體涼颼颼的。

「奇、奇怪？我怎麼會赤身裸體？」

在床鋪裡，有一件破成稀巴爛的小巧禮服。沙優娜這幾天的記憶都模糊不清，完全無法理解這是什麼狀況，只得先換衣服打理儀容。

「早安，老師。啊，原來尤金先生也在嗎？」

「……唔！沙優娜……！」

「ㄚ、ㄚ頭……真的是妳……？」

沙優娜來到飯廳，就發現艾達飛基和尤金都睜大眼睛看著她。相對地，沙優娜並不明白他們為什麼會有這種反應。

「呃，老師？這陣子我的記憶好像模模糊糊的……難道說我病倒了嗎？那樣的話，我是不是給兩位添了麻——」

「尤金……」

「阿基……」

「——你們兩個怎麼抱在一起？好噁喔……」

兩個臭男人熱情相擁，而且還是邊哭邊抱。沙優娜越來越搞不懂狀況，哥倆卻顧不得那麼多，還摸了摸沙優娜的頭。

「啊啊……我這徒弟多麼可愛啊……妳從來沒有像今天這麼惹人疼愛……」

「虧妳能成長到現在這樣……教養這丫頭的王室人員真該獲頒國民榮譽獎……」

艾達飛基與尤金一邊流淚，一邊胡亂摸起沙優娜的頭。

哥倆從未如此誇她，沙優娜卻撥掉他們的手。

「欸，你們不要這樣啦！真是的，到底怎麼了嘛！你們兩個從剛才就怪怪的耶！我要去餵那隻召喚物了，請不要妨礙我！」

於是當沙優娜來到外頭——

『汪！』

「噫噫噫噫噫噫噫噫！有、有魔物！老、老師～！」

有隻三顆頭的黑色巨犬舔了舔沙優娜的臉，還吠出聲音。沙優娜不禁尖叫，並用高八度的聲音呼喚艾達飛基。艾達飛基馬上就跟尤金一塊兒出現。

「牠叫做弗萊珊杜。」

「不對啦，我沒有問牠叫什麼名字！重要的是，家裡為什麼會有魔物！」

「因為牠變成家犬了啊。」

「誰說要養的！」

「妳。」

「為什麼！」

沙優娜完全不懂他們說的話。這隻黑犬——弗萊珊杜的威迫感驚人，跟之前那隻召喚物相比，別有一股正統的威迫感。塊頭太大的狗很恐怖。

『汪汪！』

「噫！」

由於黑色巨犬吠了兩聲，沙優娜不自覺地擺出應戰態勢。她並沒有多了不起的戰鬥能力，但這麼做是要讓自己隨時可以開溜。

不過艾達飛基與尤金一看見她的架勢，就立刻下腰護住了自己的胯下。

「你們是怎樣！」

如此這般，沙優娜在不知不覺間多了一隻寵物。

另外，從這天以後，據說艾達飛基與尤金有好一段期間都對沙優娜特別溫柔，然而詳情無人能知——

《第十話　終》

第十一話◎訓練模式與徒弟

……………

Great Quest For The Brave-Genius Sikorski Zeelife

【委託者A：豬】

「噗、噗嘻噫噫噫噫噫噫！再、再來！多罵幾句嘛啊啊啊！來吧，罵得更深刻入骨！罵到讓內臟抽搐！罵到連睪丸都要縮陽入腹！請妳用比冰塊更冷，比觸摸乾冰感覺更燙手的汙言穢語痛罵我噗！」

「我受夠這個人了啦……」

有如下馬威的開場笑料。沙優娜從眼前的景象別開目光，大大地發出嘆息。她的腳邊有個中年胖男子濺出口水與汗水，還吶喊著自身的慾求。受到顏面脂肪推擠而自然瞇細的雙眼，正盯著沙優娜不放。

「哈哈哈。那麼，沙優娜。請簡短說明事情演變至此的經過。」

「拜託老師別皮笑肉不笑地當自己是旁觀者好嗎！乾脆扔一顆那個不就好了！」

「『無效券』用在這裡未免太可惜……以行數來講亦然。這次設法靠換行撐過去吧。」

「女、女王大人！求求妳！求妳大發慈悲高抬鞋跟噗！」

「我希望老師先設法處理這一邊耶！什麼叫高抬鞋跟，我只有聽過貴手！」

「意思就是要妳懷著同情用鞋跟踩在他身上。」

「我怎麼可能毫無理由亂踩人！」

「連續踩我就可以加一命噗！」

「滾回你的香菇王國！」

沙優娜為何會被這頭豬纏上呢？將時間倒回不久之前——

「我、我名叫『千奏斐朱』噗。賢勇者大人，請多指教噗。」

一如往常，這名自稱千奏斐朱的中年男子有事前來委託，就被沙優娜領到了會客室裡。

「好的，請多指教。我似乎不用介紹自己了，就介紹這位鑲板的女孩吧。她是我的徒弟到此為止都是跟平時相同的套路。

「請老師不要在介紹人類時用到鑲板這種詞！……你好，我是沙優娜。」

「好讚……」

「什麼？」

沙優娜。」

「好讚讚讚讚讚讚讚讚讚讚讚讚讚讚讚讚讚讚！」

千奏斐朱一看見沙優娜，就用右手握住自己的左手腕開始迅速上下摩擦。

「等……你那是什麼動作！雖然我看不太懂，可是感覺很危險！」

「這應該是他在套弄ＫＡＤＯＫＡＷＡ的隱喻吧。」

「請老師不用說出來啦！欸，你停一下！突然對別人做這種動作很沒禮貌耶！」

「啊！萬、萬分抱歉噗！我情不自禁就……」

「這才沒有什麼情不自禁……」

「不過他並沒有直接擼起ＫＡＤＯＫＡＷＡ總公司，光是這樣就值得感謝吧？」

「老師感謝人的標準低到土裡面去了！我哪有可能感謝他！」

看來沙優娜似乎正合千奏斐朱的喜好。照往常按往例，這類變態大多會對沙優娜抱有好感。艾達飛基「嗯」地點頭。

「或許妳的身體會分泌那種費洛蒙。」

「等……老師，拜託你別這麼說。我才沒有散發任何東西！」

「……唔！」

不知道千奏斐朱起了什麼念頭，他開始用舌頭做伸縮運動。

「喂！不准用舌頭偵測！難道你長著犁鼻器嗎！」

「有她的分泌物噗……！」

「果真如我所料……！」

「我都說沒有了吧！我受夠你們了！我要去洗澡！」

沙優娜一邊叫著，一邊從會客室奪門而出。看來她真的要去洗澡。雖然剛才談的並不是體味，或許她正值對這種細節敏感的年紀。

幾十分鐘後，沙優娜洗得熱呼呼地回來，神情相當嚴肅。

「……我回來了。」

「妳回來啦，沙優娜。為師趁妳不在時已經確認過委託了，無職之身的千兄似乎正為此煩惱，才會來這裡找尋適合自己的行業。」

「這個家什麼時候變成人力銀行了？」

「話說賢勇者大人，我可不可以向她請教一個問題噗？」

「千兄儘管問。」

「有人尊重我的意志嗎？」

「——請問妳會使用的武器是不是鞭子噗？」

「問起武器了！我才沒有用過什麼鞭子！我都是徒手空拳！」

「會一五一十地回答問題，可見妳也很好心呢。」

「徒、徒手……？妳、妳打算用手對我做什麼噗？」

「什麼都不會做！硬要說的話，我只想用手捂住自己的臉，以免看見眼前的肥豬！」

「哈啊……♥」

沙優娜凶悍的吐槽，讓千奏斐朱打哆嗦似的起了反應。他用兩隻手摟住自己，當場仰身平躺下來。

「我已完成非護身的準備噗……」

「你不用把服從的態勢講得好像很有一回事。」

「我的信念就是接受暴力&服從噗。」

「消極版甘地！」

「啊啊！那、那彷彿連我的人格與人權都瞧不起的眼神！簡直就是我心目中理想的女王大人噗！能……能不能讓我叫妳女王大人噗！」

「請不要對我用那種稱呼。」

「不過以血統看來，妳姑且是女王沒錯啊？他的請求在某方面而言是正確的吧？」

「我剛才第一次想詛咒自己的血統。」

「女王大人！請用汙言穢語聲援身為下賤無職肥豬的我！～佐以唾沫～」

「別講得像是套餐的菜名一樣，你這頭豬！」

「噗……噗嘻噫噫噫噫噫！」

故事就這樣接到開頭的場面——有別於過去那些變態，沙優娜對這頭要求自己施虐的豬完全不敢領教。要是跟平常一樣吐槽，只會讓這頭豬格外開心，沙優娜都快要神經衰弱了。

「換句話說，千兄不只在沙……不只在女王面前，而是面對任何人都能對大部分的疼痛感到愉悅嘍？」

「…………」

「正是如此噗……我自己也覺得這樣不行噗……身體卻老實得過了頭噗。」

「這表示千兄有一副純真的身軀呢。」

「…………」

到最後，待在會客室的沙優娜只好背對委託者不發一語，落得在旁人看來相當沒禮貌的狀態。如此一來，千奏斐朱也不至於一直發情才對。

另一方面，艾達飛基用空著的手輕輕撫過沙優娜的背脊。

「〜〜〜唔！」

「由於這樣的體質，以往我不管從事什麼職業都無法長久噗……」

「唔嗯……容我當成參考，千兄以往從事過什麼職業？」

艾達飛基撫過一次、又一次、再一次，持續不停地朝著徒弟的背。

或許這男的其實滿有施虐狂傾向。沙優娜滿臉迪紅地忍著。

「在花店工作時，遭到修剪的花讓我看得好興奮，一再高潮後就被開除了噗。在打鐵舖工作時，我看師傅錘著熱鐵，就央求他先錘我，結果同樣被開除了噗。」

「千兄若是到魚店工作呢？」

「我想自己對於被肢解的魚會嫉妒不已噗……」

「這傢伙根本人格異常！我看讓他到監獄裡求職就好了嘛！」

「滿溢而出的吐槽慾終究迸發了嗎？」

沙優娜撥開為師的遊走在背後的手指，並且大聲吐槽。千奏斐朱順勢躺到地上，擺出呈內八字的非護身架勢。

「戰戰！呼！（註：模仿空手道的三戰架勢）」

「明明只改了一個字卻讓人覺得好髒……！啊，對了！」

沙優娜不知道想到了什麼，力道偏強地伸手「啪」的一聲打在艾達飛基的胳臂上。

那究竟有什麼含意呢？為求謹慎，艾達飛基先向徒弟做確認。

「被妳打，我何止不會興奮，還會以忤逆之嫌把妳去進樹海裡面喔。」

「咦，拜託老師別那麼認真發脾氣……對不起……」

「開玩笑罷了。簡單來說，妳想藉由攻擊我，來忽視他的請求。」

「是的。」

艾達飛基對著點頭的沙優娜默默用手指向豬，沙優娜也跟著瞥了一眼過去。

「噗、噗嘻噫噫噫噫！放置ＰＬＡＹ！完全無視！～主廚的隨興嫉妒要素～」

「這……這傢伙是無敵的嗎！還有你別講得像法式全餐上菜一樣！」

「無論妳怎麼應對，想必都只會通往多樣化的不幸結局。」

「我為什麼老是被這種糟糕的人喜歡上啊！」

「這是電擊文庫女主角的宿命。」

「我可沒有看過御坂美琴遭遇這樣的場面！」

「拿妳跟她比，那就不叫天壤之別，而是冥王星和鼻屎間的巨大差異。」

「把徒弟當鼻屎讓我有點想循法律途徑討回公道耶！」

「御坂……美琴……？請、請問我該怎麼做才能見到那位放電的貴人噗……？」

「一輩子都別想啦！無論是你還是我們都一樣！」

沙優娜搬出鐵錚錚的事實，將有意朝天上人伸出觸手的千奏斐朱一刀兩斷。千奏斐朱愉悅得渾身顫抖，到頭來不管怎麼樣都會爽到他。

「千兄，話說我有一件事要請教。你想必穿越了危機四伏的樹海才會來到這裡，然而真虧乍看之下全無戰鬥力的你能夠平安抵達呢。」

「結果老師又重提那條設定了……」

「我遇到很多魔物侵襲噗。不過，那算不了什麼噗。」

「千兄當下能夠平安待在這裡，自可想見會有這般答覆，著實膽識過人。」

「你說魔物算不了什麼……那你是怎麼擊退牠們的？」

「我只是讓牠們攻擊到精疲力盡而已噗。」

「比耐力！這傢伙用的戰法跟打算拚到兩敗俱傷的拳擊手一樣耶！」

「敢問千兄若是受了傷要怎麼辦？」

「呃，我受的傷很快就會好噗。」

「難、難道……！老師，這個人……！」

無論傷勢多麼重都可以在轉眼間痊癒。旁白敘述換行後就變得船過水無痕，那正是沙優娜也熟知的特殊能力之一。

「看來千兄跟我一樣，都具備『換行治療（Enter heal）』的能力呢。」

「那種能力只會寄於狂人身上嗎……？」

「什麼噗？你們說的『鞭打滴蠟開菊穴連環三式』是何奇招？」

「要怎麼耳誤才會變成那麼便宜你的詞啊！這個人的耳朵裡該不會裝了錯亂版的Excite翻譯工具吧！」

「情緒正在Excite的可是妳喔，沙優娜。」

千奏斐朱對於受虐感到多多益善，而上天賜了「換行治療」這項至高無上的才能給他。只要他有這種能力，無論再怎麼挨揍或者遭到鞭打滴蠟開菊穴，即使受了傷也會立刻痊癒。雖然這屬於不該賜給被虐狂的頭號能力，看來上天在分發才能上應該相當隨便。

然而，艾達飛基看出千奏斐朱身懷的才能，並且靈光一現。

「我明白了，千兄。有個職業可說是你的天職——」

＊

【委託者B：復仇者】

「……實在嚇了我一跳。沒想到當時領路的男子，居然就是世人所稱的賢勇者。」

眼裡蘊含慘澹光芒的淡綠色頭髮少女在會客室如此陳述。

「在上一集第五話曾有『專門鬪除嚴肅劇情會』，通稱鬪嚴會出現。身為會長親生女兒又對他恨之入骨的復仇者『柚芷』小姐來這裡找我，究竟有什麼事呢？」

「我最近發現只要有再次登場的角色，老師就會從『請讀上一集』和『說明語氣超重』

這兩種套路擇一來發言。」

沙優娜一面分析，一面提防著不知道是否會出現的會長。遺憾的是這次只有柚芷登場，她應該是白操心了。

「在賢勇者旁邊的妳則是徒弟，而非助手吧？」

「是那樣沒錯……該怎麼說好呢，之前給妳添麻煩了。」

「我不介意。更重要的是——我想變強，能不能請兩位協助我？」

這名叫做柚芷的少女走的是嚴肅戲路，屬於搞笑小說裡不該有的存在。雖說她並沒有嚴肅到徹頭徹尾的地步，但目前仍然相當正經，絲毫沒有耍寶的跡象。

「唔嗯，妳所謂的想變強是指？」

「你應該懂吧？說來不甘心，但是要殺會長，現在的我力有未逮。不過，聽說你繼承了鼎鼎大名的勇者杜瑞深血脈，是一位頗有能耐的高手。想找比自己高強的人請益，我倒覺得是理所當然的思路。」

簡言之，她似乎想向艾達飛基討教。沙優娜偏過頭。

「說實在的，老師的能力相當傾向賢者那一邊……勇者的部分好像占得不多。」

「哎，畢竟我不是樂於揮劍制敵的那種性格，還會採取極力避免戰鬥的行事方針。何況要動粗從以前就有尤金專門負責了。」

「意思是，你很弱嘍？」

柚芷對於魔法小有心得，但基本上仍是用佩在腰際的劍來戰鬥。她希望艾達飛基指點的部分，恐怕也是劍術方面才對。

然而正如艾達飛基本人所說，賢勇者不太樂意展現身為勇者的那一面，這是因為原則上他大多會迴避戰鬥行為。拜師為徒的沙優娜出於善意，把這解讀成他宅心仁厚的顯露。

「我不太會從武力的強弱來衡量自己，因此無可奉告。不過，先不談我有多強，要達成讓妳增進實力的委託倒是沒問題。」

「那就好。」

就這樣，艾達飛基與沙優娜接下了讓復仇者少女柚芷變強的委託。

＊

【委託者A＋B＋徒弟：訓練模式】

「……所以嘍，今天我請到了身為委託者的千兄與柚芷小姐聚集在此。」

在艾達飛基住處的某個空房間裡，包含千奏斐朱與柚芷的四個人已經齊聚一堂。雙方都是賢勇者目前的委託者，而且雙方的委託都還在進行中。

「欸，這是怎麼一回事？我聽說你們準備好要讓我增進實力，所以才像這樣再次登門拜訪，可是我沒聽說會有其他委託者在。」

「這位女士具備相當可觀的女王力噗……！隨意就能替我召集到女王人選的高明手腕……難道賢勇者大人與免費介紹所前面的皮條客建立了穩固的關係網……！」

「深到可以挖出石油的無謂臆測！」

「兩位還是省去對彼此的自我介紹好了。不過，我認為這個組合可以同時達成雙方的委託，所以才如此安排。」

在尋找天職的千奏斐朱，還有希望增進實力的柚芷。雙方的委託內容乍看下毫無關聯，艾達飛基卻好像有他的想法。

另一方面，沙優娜覺得深思會著了老師的道，就不經思考地待在這裡。

「柚芷小姐，請妳先換上這套服裝。啊，沙優娜也一樣。」

「……？這倒是無所謂。」

「為什麼我也要跟著換！」

「讓妳做角色扮演，免於被編輯退稿的可能性會比較高。」

「理由比想像中還骯髒！」

倒不如說，老師已經明言這是角色扮演了嘛——這句吐槽暫且不提，兩名女性拿著服裝來到房裡設有屏風的另一邊。沙優娜大概也怕退稿吧，真是貼心。

——過了幾分鐘之後，沙優娜和柚芷換完衣服回來。

「這身裝備少了防禦力呢。」

「…………」

她們倆都穿著胸口大片鏤空，而且色澤全黑的緊身皮革胸衣。另外，大腿根部還有吊帶伸出來跟網襪連在一起。頭上則戴著一樣全黑的制式帽子，乍看下暴露歸暴露，卻能夠讓人從本能感受到威迫的裝扮。不過沙優娜的體型穿起來就像在胸前貼著一塊皮革，外觀上有種微妙的喜感；穠纖合度的柚芷穿了就十分合適。（業務性描述到此為止）

「這是存在於異界的攻擊力特化型服飾，通稱『煩出意地（bondage）』。穿上這款『煩出意地』的人，據說可以向對手發揮出可怕的攻擊力。」

「欸，老師你是騙人的吧！我都冷到有點無力了耶！」

仔細一看，沙優娜微微起了雞皮疙瘩，攻擊力狀似並無提升。

「『煩出意地』也有一小部分流傳到我們的世界，不過在款式上似乎略有差異。這次是由我將其重現的產物，所以或許會跟千兄心目中的形象有所不同。」

「不……賢勇者大人。我光是看著她們兩位，就感受到替自己承接未來的眾多基因已經

在我下腹部的京濱工業地帶陷入產能過剩狀態了噗……！」

「別把你造成的工業汙染形容得那麼具體！」

「感謝千兄。先不論柚芷小姐，缺乏女人味的沙優娜做這類打扮會成為一大罩門，因此我本來相當擔心。」

「那樣反而好噗。只要取笑她就絕對會挨鞭子……！」

「原來這是要我穿來讓人笑的服裝嗎！請問我可以把衣服換回去了嗎！」

師父與肥豬都用關愛的眼神看著沙優娜，與性感無緣的她因而惱火。

然而另一方面，柚芷靈巧地動了動身體，還兀自點點頭。

「雖然毫無防禦力——正如同賢勇者大人說的，我穿上這套衣服以後，確實感覺到攻擊力有所增進。」

「那是心理作用！」

「柚芷小姐，戴上這副蝴蝶面具，攻擊力會有更進一步的提升喔。」

柚芷乖乖戴上艾達飛基遞給她的蝴蝶面具。

「力量正逐漸充滿我的身體……！」

「就說是心理作用了！老師你打算靠安慰劑效應讓她超越才能的極限嗎！」

各位讀者或許已經忘記了，柚芷是個為報母仇身憔悴的復仇者，同時也是會被人反過來利用其仇恨心的糊塗蛋。

而且正如艾達飛基所料，柚芷光是聽信「煩出意地」具備「提升攻擊力」的可疑說詞，她本人的戰力就提升了好幾個層次。

「這樣我就能幹掉那傢伙——」

「還沒結束喔，柚芷小姐。接下來，我們要教妳相傳給『煩出意地』裝備者施展的招式。我找千兒過來，最主要就是為了請他協助這一點。」

「——我明白了。我絕對會將招式學成。」

「難道她就不會有更加懷疑他人活下去的一天來臨嗎……！」

「賢勇者大人，這表示我的天職是……！」

「沒錯。正如同千兒領會到的，你的天職——就是當『訓練用肉靶』！」

「那不在人類從事的職業範圍內吧！帶著你的心去達瑪神殿（註：《勇者鬥惡龍》系列中的轉職聖地）啦！」

「你們說的訓練用肉靶是什麼意思？」

千奏斐朱能把所有針對自己的施虐行為轉換成愉悅，還擁有可以讓任何傷勢立即痊癒的「換行治療」技能。當個訓練用的肉靶，正是其天職。

然而，由於敘述起來很抽象，艾達飛基就重新做了說明。

「意思就是把他當成所謂的沙包。」

「還可以玩盡可能把我打飛到遠處的小遊戲噗。」

「希望你飛出去以後就不要再回來了！」

「我不太懂狀況，但既然他願意陪我練招，那就無所謂。」

「不懂狀況就要設法去釐清啊，妳沒有從父母那裡學過嗎……！」

跟常人相比，柚芷成長的家庭環境相當特殊。

她這種既糊塗又純真的特質，或許全都是源自那樣的環境。

千奏斐朱把自己當成訓練用的沙包，全裸立正擺出準備承受一切的架勢。艾達飛基則把竹條編成的刀劍遞給柚芷和沙優娜。

「這是什麼？」

「訓練用的武器。先請妳用這個隨意攻擊千兄。」

「老師準備的只是普通的竹刀嘛……」

柚芷狀似理解地點頭，以竹刀對千奏斐朱的頸子施展出凌厲的一擊。這若是真劍，千奏斐朱應該已經被一刀斬首了。

「如何？我自認身手不算太差。」

「……噗……」

柚芷說是這麼說，千奏斐朱卻一臉不滿意，艾達飛基也看得歪了頭。

「唔嗯……沙優娜，這次換妳試試。」

「為什麼連我也非動手不可呢……」

「為師偶爾也得交派武術方面的訓練給妳。」

修行並非純練魔法而已。儘管聽起來有些強詞奪理，既然師父都這麼說了，當徒弟的沙優娜便無法違抗。

沙優娜對武術沒有任何心得，因此隨便舉起竹刀，生手生腳地一揮。

——啪！

「噗、噗嘻噫噫噫！由清響交織而成的協奏樂～！」

竹刀打在千奏斐朱的肥厚肚皮上，聲音響亮。痛覺並不深，雖然不深——千奏斐朱卻從聽覺上體會到快感，因而滿地打滾。

「漂亮，沙優娜。還沒教妳就如此優秀，為師實在沒有立足之地。」

「我根本沒有花心思出手啊！老師是不是在竹刀裡裝了什麼機關！」

「這是怎麼回事……！為什麼這位徒弟揮劍會比我更有威力！」

柚芷認真抱持疑問，同時也感到不甘心。雖然隔著一層蝴蝶面具，她那扭曲的表情依然顯露無遺。

艾達飛基兩手各拿著柚芷與沙優娜剛才用的竹刀，朝千奏斐朱靠近。

「首先，柚芷小姐過於針對要害了。正因為妳心裡只專注在收拾對手，招式才會輕易遭到看穿。妳無法砍中會長的理由也出在這裡。」

柚芷的竹刀被他輕輕一揮，便帶著破風聲打在千奏斐朱的脖頸上。「噢噢。」千奏斐朱發出呻吟，效果卻如同預料顯得不怎麼樣。

「另一方面，沙優娜挑了千兄肉體上面積最大的部位——腹部來動手。這大概是因為她從本能上就曉得，那裡『最值得瞄準』。」

「我才沒有……」

這次艾達飛基改用沙優娜的竹刀打在千奏斐朱的腹部。

——啪！

「噢啊啊啊！」

「老師絕對在我用的竹刀裡裝了機關吧！應該要檢查才對，做檢查！」

「唔……！是我低估賢勇者的徒弟……！」

「要確實考慮使用的武器與敵人的情報，攻擊適當的位置。」

艾達飛基將竹刀統統甩開，迴避了沙優娜的追究。

接著，賢勇者拿出兩支分成好幾股的皮鞭——通稱散鞭。

「接下來請妳們試著用這種散鞭攻擊千兄。不過，出手時要一併用凶悍的語氣痛罵他，不可以默默攻擊喔。」

「呼……呼……！賢勇者大人安排ＰＬＡＹ如此流暢，可見一定有當過在歡場拿麥克風指揮小姐轉檯的少爺噗……！」

「你這塊肉靶少在那裡瞎猜老師的經歷啦！」

「技術真好呢。」

沙優娜的猛烈吐槽讓千奏斐朱張開嘴巴嬌喘，連鞭子都省了。

「這麼快就出招了……！這個女生究竟是何方高手……？」

「啊，不是的，我沒有那個意思……柚芷小姐，妳先請。」

「這是妳身為勝者的餘裕嗎？……看著吧。」

柚芷大概覺得自己受到了挑釁，就使勁握起散鞭。練武天資過人的她即使不熟悉鞭法，揮動起來的破風聲依然相當有力。

「去死！」

——啪「妳別鬧啦啊啊啊啊——————————！」！

千奏斐朱氣得破口大罵，音量大到足以蓋過鞭子的清響。柚芷實在沒料到他會有這樣的反應，頓時反射性地隨之畏縮。

「『去死』是用來收尾的詞！在開頭講這句話可是犯了大忌噗！難道會有故事從第一頁就註明『本作的主角會死在結尾』嗎！痛打一頓之後的『去死』對豬來說是如願以償噗，但是妳突然直衝高潮簡直荒唐到了極點噗！」

「深奧……千兄這些話太有深度了……！」

「我單純覺得要殺這傢伙只能戴上耳栓而已！他吵死了！」

「對、對不起。是我在開口時輕忽了。」

「要當女王就別這麼輕易向人低頭——！」

肥豬又發飆了。已經搞不懂誰才是負責罵人的那一方。

「我等追求的是肉體與精神上無可逆轉的巨大自卑噗！換句話說，罪惡感與倫理觀應該在彼此換衣服的時候就一起拋開才符合禮儀！妳穿在身上的『煩出意地』，相當於一件任何罪過都可以得到豁免的贖罪券之衣噗……！」

「也就是說，柚芷小姐。千兄點出妳所殘留的仁慈之心。妳的仇敵，無非就是與自己血脈相通的親生父親。無論妳怎麼恨他，心中仍有無法抹滅的感情。妳會忍不住說出那些逞勇鬥狠的話語，正是內心的軟弱所致。」

「牽強到可比電影宅對吉卜力作品的深入考察……！」

「那麼……我該怎麼辦才對嘛。每種方式都行不通啊。」

「該妳上場了，沙優娜。」

「是時候讓我們的女王大人出馬了……！希望女王大人讓她好好見識什麼叫做層次的差距噗……！」

「你們不要單方面強加莫名其妙的壓力給我好嗎？」

說起來，沙優娜姑且也是復仇者。不過或許要加上「曾經是」的但書才對。

不過那些細節無關緊要，沙優娜照他們的催促拿起散鞭。然而事情發展至此，叛逆精神在她的心裡萌芽。

（聽他們亂講就不爽，我故意一聲不吭地隨便混過去好了……）

沙優娜想起艾達飛基吩咐過不可以默默攻擊，就用鞭子輕輕打向肥豬。在無言中揮出的那一鞭實在敷衍。

——啪！

「噗……啊……♥呼……呼啊♥呀哈哈♥」

「這對他有效……！可、可是默默攻擊應該是不被允許的呀！」

「妳看了還不懂嗎？沙優娜施展的高竿技術。」

「我只是隨隨便便打他而已耶！」

千奏斐朱一邊從嘴角流出口水，一邊在抽搐間嬌喘蠢動。看來沙優娜剛才那一鞭，已經讓肥豬的京濱工業地帶半毀了。即使如此，千奏斐朱為了讚美女王的功績，還是拚命編織出話語。

「女、女王大人……並不是什麼都沒說噗……！她的目光、她的眼神，已經完全屏除了我這個卑微的存在噗……！要說的話，這種行為連鞭打我都不算，甚至還遜於空揮……！我、我崇拜的女王大人已經超越『言語』，出鞭打穿了『虛無』噗……！」

「沙優娜早就到了大師的境界──足以在頂級店家收取最貴的指名費。」

「這沒有道理……！太驚人了……！」

「女王大人鞭打的威力異於常人噗……！」

「請你們不要學橫幅廣告裡的路人臺詞把我捧得跟異世界轉生者一樣！」

儘管沙優娜始終都是敷衍了事，另外三個人卻對她倍加讚許。換個情境的話，或許還能讓沙優娜感到得意，遺憾的是這只有爽到千奏斐朱。

「接著就是最後一項訓練了。請妳們用這兩項道具收拾千兄。」

艾達飛基準備了裝在桶子裡的水，還有尚未點燃的蠟燭。

「水與火──運用這兩種相反的屬性就好了嗎？」

「那才不是需要用屬性來詮釋的道具。」

「沒錯。用法任妳們自行發揮。」

還是柚芷先攻。然而，大概是先前的經驗加深了疑心，詳加思考的她並沒有貿然行動。

不久，柚芷想通了以後就用雙手拿起水桶——

「咕嚕……咕嚕……」

——開始將水一飲而盡。

「什麼道理啊！」

「恐怕是被人要求露一手卻別無才藝，只好用這種方式抵抗了吧。」

「老師講的根本是爛公司的迎新餐聚嘛！」

「噗啊！咳、咳咳！咳！呼……呼……！」

灌到最後，柚芷被水嗆得猛咳，蝴蝶面具也隨著飛掉。她連把水喝完都辦不到。

不知道柚芷是嗆到或者懊惱才流下淚水，沙優娜幫忙輕撫她的背。

「妳為什麼要這樣呢……」

「誰、誰教……我思考過還是完全沒有頭緒……就覺得只能靠奇招了……」

「不對吧，妳拿水桶挑戰一飲而盡已經離題了耶？」

「但是我肯定她的努力噗。」

「拚得好，柚芷小姐。」

聽兩人送上喝采，柚芷自然而然露出笑容。她的本性果然純真。

另一方面，沙優娜則懷疑柚芷才是真正的笨豬。

「欸，女徒弟。能不能請妳露一手？讓我見識由女王大人示範的絕技……」

「柚芷小姐，話先說清楚。如果跟妳打架，我可是不用幾秒鐘就會輸給妳的弱雞耶！」

「妳還在謙虛啊。我已經把水桶補滿了，請吧，沙優娜。」

拿水桶和蠟燭到底要做什麼？柚芷似乎完全不明白，然而經歷過風浪導致心靈受到相應汙染的沙優娜大致了解。

但是，沙優娜根本不想取悅這隻肥豬，因此她刻意什麼都不做。

「我也先跟你說清楚，這才不是什麼放置ＰＬＡＹ。」

「女、女王大人！…………………………………………」

沙優娜什麼都不做，什麼話都不說。相對地，千奏斐朱完全沒有被怎麼樣，也什麼話都沒說——然而，隨著沉默累積，千奏斐朱的臉色逐漸發紫了。他從全身流出黏汗，還不停顫抖，並且當場倒了下去。

「這、這是……沙優娜，千兄沒有呼吸了！」

「什麼道理啊！」

「恐怕是因為妳聲明這並非放置ＰＬＡＹ，卻又完全不拿水和蠟燭折磨他，讓千兄遭受放置ＰＬＡＹ，當中的矛盾使他嚴重當機了……！」

「他是架構草率的ＡＩ還什麼嗎！」

「照這樣下去，那傢伙似乎會死。」

千奏斐朱正準備獨自迎接死亡（結局）。這應該是沙優娜的女王力發揮出的效應。

但沙優娜何嘗希望背上一條人命，於是她急忙呼喊肥豬。

「欸！你可以呼吸了啦！快點！」

「沙優娜，這樣不行！在豬兄耳中聽來，女王那麼說就等於『把呼吸停住』！」

「不然叫他再也別呼吸算了！」

「那樣的話，千兄就會遵照妳說的字義，再也沒辦法呼吸……！」

「難道這隻豬是一個人在玩絕命終結站嗎！」

「……我不太清楚狀況，但是讓他哀號喘氣的話，自然就會呼吸了吧？」

「啊！」

千奏斐朱被沙優娜折磨時，往往會喘氣。會喘就代表反覆在呼吸。沙優娜從柚芷的話裡得到啟發，就把倒在地上的千奏斐朱的頭抓起來往水桶裡塞，還同時在雙手裝備竹刀以及散鞭猛打他的背。還有，胡亂開口會造成危險，因此沙優娜默默地執行著這些動作。

那模樣，簡直有如天生的女王……！（符合設定）

「柚芷小姐，這正是技術與技術的搭配，堪稱絕技。請看清楚沙優娜的動作。」

「……我連嫉妒心都生不出了。這就是人上有人呢。」

「噗、噗喔喔喔！咳咳咳咳咳！噗哈！喔吼～」

「…………」

千奏斐朱從水桶裡抬起臉以後，頭又被竹刀戳回水中。他的換氣量已經足夠，沙優娜卻沒有發現。

是的，以結果而言，沙優娜賞了千奏斐朱一頓痛快——

「沙優娜！時間到了！請停止ＰＬＡＹ！」

「啊，好的。話說我並沒有在跟他ＰＬＡＹ啊。」

「……♥♥………♥」

千奏斐朱全身沾滿汗水與汁液，沙優娜則用看穢物的眼神瞥了對方一眼。儘管有呼吸，接連而來的快感使他產生痙攣的症狀，似乎連話都說不出來。

過了幾分鐘以後，狀況總算穩定的千奏斐朱才帶著喘息嘟噥：

「呼……呼……麻煩再延長噗……」

「你可以滾了啦！」

「爽歪歪♥（高潮）」

「她補上最後一擊了……！」

＊

「哎喲喂呀，不愧是小弟弟我所崇拜的女王大人噗。從放置ＰＬＡＹ展開的怒濤連擊！臨死！」

「女徒弟，妳是個怪物呢。不過，多虧有妳，我總算理解自己的天真與軟弱了。真的很謝謝妳。」

「請你們別說了……」

「所幸能讓兩位都滿意。」

「嗯。還有這套服裝，我會收下喔。因為穿了就充滿力量。」

柚芷似乎決定將「煩出意地」和蝴蝶面具帶回去。到頭來，她還是發現了自己的弱點，因此她會就此變強吧——大概。

「那麼，我先失陪了……有朝一日等我殺了那傢伙，再把他的頭帶來這裡。」

「我跟會長也有交情，所以不方便說什麼……但請妳加油。」

「倒不如說，感覺最恐怖的是那傢伙即使只剩　顆頭好像也活得下去。」

呵呵——柚芷朝師徒倆露出笑容，然後便離去了。如果沒有受制於復仇的心理，她肯定會是與年齡相符的可人美少女，以致沙優娜再次認為會長是個人渣。

「那小弟弟我差不多也該啟程了噗。賢勇者大人與我的女王大人，受你們照顧了。」

「憑千兄的能耐，想必到任何地方都可以當沙包過下去。」

「有賢勇者大人掛保證，小弟弟我也覺得放心噗！」

「…………呃，我真的不想吐槽就是了。不過，你的第一人稱是怎麼搞的……」

「咦？妳在說小弟弟我嗎？難、難道女王大人感覺折磨得還不過癮噗？」

「因為你的第一人稱淫穢到史無前例的地步，我才不得不談及啦！」

「我倒認為他這個靠著疊字而有所影射的第一人稱還滿俏皮的就是了。」

「喔，這個嘛噗。宛如將棋的『步』升級後可以變成『金』，受女王大人刺激而興奮的我，第一人稱也就進化成小弟弟我了噗。感覺隔一陣子就會回復噗。」

「真可說是『女王的工作！』。」

「正是這麼一回事噗。」

「你們別在結尾塞這種各方面而言都很危險的笑點啦！」

就這樣，千奏斐朱也心滿意足地離去。能遇見當女王天資過人的沙優娜，使他打從心裡感謝這奇蹟般的緣「啊，說到這個噗。女王大人，請問妳有名片嗎？下次小弟弟我還想指名妳噗。」

「沒有啦！」

《第十一話　終》

第十二話◎徒弟的徒弟與徒弟

……………

「換句話說，妳想在限定期間內當我的徒弟……藉此累積經驗？」

「正是！傳聞只要向赫赫有名的賢勇者求教，便能學得各式各樣的知識！本小姐務必要拜你為師，不知你是否願意？」

身為委託者之一的銀髮碧眼少女這麼說完以後，欣喜似的將雙手合在一起。她相當年幼，以年紀而言稱作孩童應該也不為過，看起來似乎比沙優娜還小幾歲。

而在這名委託者旁邊，有個女子始終將手指湊於劍柄上，還用銳利的目光盯住艾達飛基與沙優娜。她是位散發著凜然氣息的美女。

「我當然不介意接下這份委託——不過，為保險起見，我希望親口確認兩位的來歷。」

「如剛才所述，這位是來自某國的高貴之人『愛麗絲』小姐；我則是侍奉愛麗絲小姐的一介騎士，名叫『舒莉葉』。麻煩別再以俗言俗語探我們的隱私。」

「哎呀，妳這樣不行喲，舒莉葉？艾達飛基大人之後會成為本小姐的老師，要是妳講話狂妄自大壞了老師的心情，我就學不到他傳授的知識了。」

Great Quest
For
The Brave-Genius
Sikorski Zeelife

身為主子的愛麗絲予以斥責，身為騎士的舒莉葉便回答「是」，並且退下了。

沙優娜看了她們倆的互動，就欽佩似的開口說：

「該怎麼說呢……在我至今見過的委託者當中，這兩位稱得上極為拘謹的正派人物呢，老師。」

「是嗎？」

「是啊！感覺從第一集到現在總算有正常的委託者來訪了！」

仔細回想，過去的委託者絕大多數都是一開場就來亂的變態。那些傢伙彷彿透露出搞笑正是要著重於第一印象，每次都讓沙優娜嚇壞了，因此沙優娜對這次顯得普通的委託者似乎有好感。

而艾達飛基一邊瞥向徒弟，一邊繼續說道：

「唔嗯……話雖如此，我的立場是無論何方人物求教，基本上都來者不拒。對於這兩位委託者的真實身分，我們就別去探討吧。」

「我知道了！」

「哦！艾達飛基大人，你們真是寬宏大量！這樣的話，本小姐對於舒莉葉的無禮更覺得過意不去了喲！」

「在老師家裡，這點小事根本算不上無禮就是了……啊，不對，也許我的觀念本身已經出了問題吧……？總之，請兩位別放在心上——」

沙優娜想要打圓場將小事化無，愛麗絲卻帶著笑容彈響手指頭。

霎時間，舒莉葉就拔出長劍，還換了手將劍鋒指向自己的胯下。

「不才如我，決定借此地切腹以償無禮之罪！」

「等……妳在做什麼！還有那裡並不是肚子！會變成切鼠蹊部謝罪的！」

「吾徒愛麗絲，她這是什麼意思？」

「呵呵呵。舒莉葉的特技就是拔劍自戕喲♪」

「那種特技沒辦法表演第二次啊！舒莉葉小姐，請妳不要這樣！」

「我不會停的喔喔喔喔喔！誰教我是姬騎士！公主的命令絕對要遵守！所以我會在這裡把王者之劍全部吞下去！」

「老師，這兩個人果然還是有病！她們立刻就開始胡作非為了！」

沙優娜原本對兩名委託者抱有的良好第一印象，當場變成了泡影。正常的委託者不可能出現在這部作品吧！

「她剛才說……公主與姬騎士。沒想到兩位的身分不經追究就洩底了呢。」

看來愛麗絲是某國公主，舒莉葉則是專門侍奉她的騎士，亦即所謂的姬騎士。艾達飛基對姬騎士這個詞抱有強烈的興趣。

「姬騎士——多麼甜美的字音。光聽職業名稱，大致上就能了解會有什麼下場。」

「老師說的了解下場是什麼意思！應該是了解職務內容才對吧！」

「喝啊啊啊啊啊啊啊！全穴全開姬騎士！」

「不要講得像是準備出大招一樣！」

「加油，舒莉葉！妳可不能像個全穴未開的姬騎士喔！」

「……呃，為師所知的姬騎士與本作的姬騎士，或許有那麼一點不同……！」

「目前看來我只覺得一切都不同！」

話雖如此，由於鬧出人命就頭痛了，沙優娜只好先安撫兩名委託者——

＊

「那麼，雖然有加上限定期間的條件，既然妳要師從於我，我們還是來確認彼此的輩分吧。愛麗絲，這是我的大弟子沙優娜，對妳而言相當於師姊。相反地，妳對沙優娜來說就是師妹。」

「哦！師姊這個詞真動聽！本小姐一直都希望有個姊姊！請多指教喲，沙優娜姊姊！」

「妳、妳叫我……姊姊？哎、哎呀，感覺亂不好意思的耶！啊，那個，我也要請妳多多指教，愛麗絲小——」

沙優娜想跟愛麗絲握手，當雙方的手即將接觸時，舒莉葉的劍卻從兩人之間劈了下來。

「唔哇！妳做什麼啊！」

「低賤之輩，休想輕易碰觸公主。」

（沙優娜倒沒有妳說得那麼低賤就是了。）

「住手，舒莉葉！本小姐現在是艾達飛基老師的徒弟，輩分比沙優娜姊姊低！而且妳的地位又比我更低，說起來就像排泄行為後剩下的物體X（※大便的高尚措辭）！妳應該克制自己的行為！」

「遵命！……失禮了，師姊。但這也是我身為物體X（大便）的職責，請見諒。」

「大便的職責。」

既然主子要這麼稱呼，姬騎士似乎就不會嫌棄以穢物自稱。沙優娜仍然捉摸不到她是個什麼樣的角色。（也無意去捉摸）

「事不宜遲，沙優娜。麻煩妳向愛麗絲說明在這裡一天的行程。我要來觀察舒莉葉……呃，我會跟舒莉葉小姐一起觀察妳們倆。」

「感覺老師的話裡有鬼耶……我明白了。那麼，愛麗絲小姐。這邊請。」

「好期待喲！兩位平日究竟過得有多精采呢♪」

沙優娜帶著愛麗絲到艾達飛基住處的外頭。舒莉葉跟在她們倆後面，艾達飛基則尾隨舒莉葉而去。

今天天氣晴朗，蔚藍的天空萬里無雲。沙優娜一邊朝燦然灑落的陽光瞇起眼，一邊確認清洗過晾著的衣物乾得如何。

「嗯，看來可以了。那麼，我接下來要將晾乾的衣物收進屋內。啊，沒有全乾的就繼續晾在那裡一陣子不要緊喔。」

「……？」

「摺衣服是回屋裡才要忙的，先幫我統統裝進這個洗衣籃就好。」

沙優娜說完，就手腳俐落地收起晾著的衣物。她似乎早就習慣了，動作既靈巧又輕快。

愛麗絲則一臉茫然地望著沙優娜。

「呃，沙優娜姊姊？請問妳究竟在做什麼呢？」

「問我做什麼……就跟妳看到得一樣啊？我將自己的衣服、老師的衣服，還有床單一類平時用的東西清洗過以後拿出來晾乾，然後收回屋裡。雖然清洗是老師負責的。」

「我、我知道了！這就是艾達飛基老師門下的修行方式，對不對！」

「完全沒有那回事耶。這單純是為了生活。」

沙優娜淡然地回答之後，仍繼續收著衣服。在愛麗絲的猜想中，艾達飛基與沙優娜的日常生活恐怕是全心投入魔法修練中吧。

「很遺憾，我們的日常生活大半都是這種調調。雖然老師會運用空閒的時間指導我就是了。或許在妳眼中看來，反而會覺得是新鮮的一幕。」

「賢勇者！你、你好大的膽子，莫非你想勞煩公主，讓她做這種應該交由家中女僕打理的粗活嗎！」

「對啊。既然愛麗絲要在這裡生活，就必須做最基本的家務才行。世間萬物的學問，本來就是利用日常閒暇學習的。」

「所以是晚上嗎！難道你這傢伙夜夜都在跟女徒弟偷歡！有沒有！」

「別突然跟投直球一樣地問這種事啦！我跟老師才沒有！」

「舒莉葉！妳措辭要含蓄點！」

「遵命！……那麼，你這傢伙會挑什麼時候跟公主進行男歡女愛的ＳＥＸ行為！」

「完全感覺不到有哪裡含蓄！那樣反而變成快速球了！」

舒莉葉不知道想像了什麼樣的邪穢情境，全身都打起哆嗦。艾達飛基點頭說了一聲「唔嗯」，輕輕把手放到舒莉葉肩上。

「很遺憾，我對平胸完全不會興奮，因此不可能染指她們倆。」

「你騙人的吧！在這種……這種偏僻的環境，孤男寡女住在一個屋簷下！你還不趁機瘋狂抽插的話，是要等到什麼時候！啊啊，真齷齪！公主！假如留在這種砲聲打到啪啪響的砲房，依我的愚見，公主的膜不消多久就會破！我們還是現在就回去吧！」

「名副其實的愚見！」

「我長年來住在這間房子，被人說成砲房倒是頭一次。」

「舒莉葉！自戕！」

愛麗絲彈響手指，舒莉葉就再度大呼小叫地開始表演自殺。側眼看著那一幕的愛麗絲則低下頭賠罪。

「萬分抱歉，艾達飛基老師與沙優娜姊姊。我猜恐怕是剛才舒莉葉自己所說的家中女僕一詞，在她腦裡引發了淫穢的妄想。你們能原諒她嗎？」

「可以是可以，但我覺得這個人找一天去看看醫生比較好。」

「凌駕國中男生的桃色聯想力——姬騎士誠可畏矣。」

「老師，這跟姬騎士有關係嗎……」

沙優娜以往見到的變態大多是中年男性。儘管舒莉葉屬於妙齡女子，卻恐怕可以跟他們歸為同類。不得不說這世間實在廣闊。

接著四人來到位於艾達飛基住處後頭的菜園。由於家住在這樣的環境，艾達飛基的生活幾乎全靠自給自足。因此眼前的這片菜園以家庭菜園來說，規模相當可觀。

「哇！這裡種了好多種蔬菜！」

「是的。話雖如此，種了什麼只有老師才明白，我主要都負責澆水。請看，就是像這樣朝田畝灑水。」

沙優娜拿起自己專用的澆水壺，浸到由湧泉形成的小小池子裡取水。她隨即開始朝排成好幾列的田畝灑水。

「……這也是為了生活嗎，賢勇者？」

「當然。話雖如此，培育作物具有相當重要的意義在。雖然這是成見，但我認為魔法師缺乏農作的經驗就難成大器。」

「姊姊！姊姊！請讓我也試試看！」

「那妳拿這邊的備用澆水壺……」

沙優娜也打算拜託愛麗絲幫忙澆水，姬騎士卻搶先嚷嚷起來。

「沙優娜師姊！公主！請妳們看看這個！」

舒莉葉摘下一根結實的黃瓜，並且亮給在場眾人看。

不知道是幸還是不幸，那根黃瓜形狀長得像香菇，輪廓與所謂的KADOKAWA相似。舒莉葉臉色大變並大叫：

「有雞巴！」

「老師，我現在完全理解這個人的性格了！她根本下流到口不擇言！」

以往沙優娜遇見的那些變態在談及猥褻事物之際，比較偏好拐彎抹角或者隱晦的用詞。儘管那樣也有那樣的噁心之處，然而這名叫舒莉葉的女子在這方面似乎無所避忌，都會直接衝撞用詞尺度。

「在啪啪房（※略稱）種出來的蔬菜，就會像這樣長成雞巴的形狀！公主，請妳看清楚這根雞巴！拜託妳清醒過來！」

舒莉葉以黃瓜代劍……唰唰唰唰地露了一手連續突刺。

「根本不打算讓人看清楚呢……舒莉葉！不要再用那招秋沙雨了！」

「自顧自地演起黃瓜傳奇！」

「舒莉葉小姐！在我家有一條規矩，就是摘下的蔬菜絕對要吃掉。妳要拿我細心栽培的那條ＫＡＤＯ皮玩耍是無妨，不過請負起責任！」

「老師那樣稱呼的話，感覺會像不可明說的掛牌肉品而不是蔬菜喔。」

「虧你種出這種猥褻物還敢要求。真是個讓人鬆懈不得的男人……」

舒莉葉把手裡拿著的黃瓜往身後一藏。原以為黃瓜隨即被挪到臀部附近，下個瞬間卻從她手裡消失了。

「——這樣行了吧？」

「請妳不要若無其事地用後面吃東西！」

「與其說是吃東西，應該稱作插入。果然姬騎士在那方面都開發完畢了嗎？」

「舒莉葉身為姬騎士，能鍛鍊的部位全都鍛鍊過了喲！」

「雖然看她準備切鼠蹊部的時候，我就隱約知道是那麼一回事了……」

「很榮幸得到兩位的誇獎。讚吧！姬騎士肛健篤實！」

「不要講得像健美項目一樣！妳只是替自己開了後面的眼界！」

「要鍛鍊到這等境界，想必妳也有無法成眠的夜晚。」

「當然了。我等姬騎士時時受到半獸人、哥布林與食人魔的威脅。可是，經過再三研究與鑽研——我等的屁股已經可以容納任何東西了。這正是全穴全開姬騎士道！」

「妳把那當成道具持有數的上限在強化嗎！」

「不過，我所接受的特訓如文字所示——確實是一段嘔心瀝血的過程。」

「因為妳撐到裂開了嘛！這樣當然會滴血！」

姬騎士毫不隱瞞自已已遭開發完畢。然而，有鑑於其特質，艾達飛基看出她與某個人物有共通點。

「冒昧請教一句，舒莉葉小姐——妳該不會有哥哥吧？」

「你為何曉得？家兄身居領主之位，但我早就拋棄故鄉和家庭。他跟我已無瓜葛。」

「原來是那傢伙的親人！」

「沙優娜，這代表是血統讓她練就了好本事。姬騎士果然也得靠血脈啊。」

「艾達飛基老師，她全靠自己的孔穴才能立身於此，與過去的經歷及血脈無關喲。」

「都靠那個部位立身的話，意思就歪掉了啦！為什麼一根黃瓜可以讓話題扯得這麼遠！可以換下一個地方了啦！老師你說對嗎！」

沙優娜事到如今才提出質疑，不過她似乎巴不得趕快換場景。

艾達飛基無奈地搖搖頭，照著徒弟的要求將「無效券」扔出去——

＊

從愛麗絲成為師妹後，過了一個星期。在這段期間，她的隨從舒莉葉固然都雞貓子喊叫吵個沒完，不過愛麗絲本身倒是循序漸進地習得了知識與技術。其結果——

「姊姊妳看！」

愛麗絲將手伸向半空，小小的瓶子就出現在手掌心。那是物質傳送魔法。

「哇、哇啊……好厲害……我明明花了相當久的時間才學會……」

「唔嗯，為師該怎麼形容好呢——她真是所謂的天才呢。」

——愛麗絲是貨真價實的奇才，連艾達飛基都對她具備的天分咂舌。

她把傳送來的瓶子遞到師姊沙優娜手上，瓶子有一絲絲餘溫。

「本小姐試著從舒莉葉的道具箱欄位傳送過來的！」

「那不是道具箱，要叫道具穴才對！髒死了！」

「公主，不知為何，我突然覺得臀部內的異物感減弱了。」

原本待在其他房間的舒莉葉偏著頭一邊表示不解，一邊走了過來。

愛麗絲「嗯哼」地挺胸回答：

「是本小姐用魔法傳送過來的！」

「竟有此事！不愧是公主，擁有的天賦這般過人！不才如我感到萬分佩服！」

舒莉葉說著就確認了自己前後的道具欄。

「——這樣啊。前面沒出現狀況，異物感還好端端地留著。」

「妳跟倉鼠一樣只管把東西往裡面塞的嗎！」

「話說回來，收納性還真是驚人。不曉得收縮力究竟有多緊？」

「老師，收納性跟收縮力可沒有因果關係。」

當沙優娜吐槽時，屋子裡就響起叩叩的敲門聲。好像有人正在用玄關前的門環扣門，是訪客到來的訊號。

沙優娜與愛麗絲一塊兒趕去玄關那邊。

「來了，請問是哪位？」

「有事要找賢勇者艾達飛基老師的話，我們會代為轉達喲！」

——啪！

「噢噢，這到底是怎『滾！』哈哈，別怕臊嘛『滾！』何需如此多心『滾！』。」

沙優娜在一行臺詞裡就插嘴喊了三次「滾」，出現的客人卻絲毫不為所動。

來者身穿緊巴巴的「救水」——艾達飛基製作的異界特殊衣物——是個全身毛髮濃密的大叔。

曾在察臼．奇程國擔任騎士，如今是流浪變態的荷馬傑克再次登場。

「姊、姊姊？請問……這位毛獸是誰呢？你們彼此認識嗎？」

「妳叫他毛獸啊……唉，與其說認識……」

趕在沙優娜細說之前，荷馬傑克帶著滿面笑容靜靜……豎起一根小指。

「他單純是委託者之一啦！下次再比那個手勢，小心我把你列成拒絕往來戶，變態！」

「姊姊跟他的關係深淺真的就這樣而已嗎？你們看起來滿親暱的耶？」

「荷某只能先言明，不可能比這更淺。」

「我跟他屬於對等的關係！好了，這個話題到此結束！請趕快進屋裡吧，渾球！」

「哈哈，荷某向妳致歉。久未拜訪，請容我進府上一聚。」

伴隨「啪！」的清脆響聲，荷馬傑克悠然登門而入。沙優娜先將這個變態領到會客室，然後就跟師妹一起向為師的報告來客是誰。

「老師，知欠……不對，荷馬傑克先生又來了。」

「雖然那位男士一身奇特的打扮，卻兼有幾分爽朗的氣慨喲！」

「他那樣叫爽朗的話，全人類都可以用沙拉油泡澡了啦！」

「哎呀，荷馬兄再次來訪嗎？該不會出了什麼事吧？」

「你們剛才說……荷馬傑克？沙優娜師姊！莫、莫非是那位名聞遐邇的……！」

「雖然我想接著問『哪位』……不過他是之前在察臼・奇程國當過騎士的人。」

舒莉葉突然興奮起來，讓沙優娜有些不敢領教。看來姬騎士似乎也曉得名氣還算響亮的荷馬傑克這號人物。

艾達飛基先是思索片刻，不久便拍響手掌。

「這樣正好。荷馬兄會再次來訪，肯定是有事相求——麻煩妳們倆指引明路，為他解決委託。」

「咦咦咦咦咦咦咦！我才不要！」

「哦！終於能體驗實務了呢！」

「再過不久，愛麗絲當我徒弟的期間就要結束。雖然接委託並不能當成留給妳的回憶，最後還是應該讓妳體驗看看才對。」

「公主！恕我失禮，荷馬傑克大人在騎士界可說無人不曉，堪稱騎士中的騎士！知名度足以匹敵半獸人界的巨頭吉．霸尤荀達！雙方面談之際，請務必讓我一同列席好嗎！」

「疑似我根本不想知道的業界名人就這樣被列舉出來了……！」

「畢竟姬騎士跟半獸人業界有很深的交集啊。沒錯，很深的交集……」

「請老師不要講得若有深意！那算什麼業界啊，太偏門了吧！」

「姊姊、艾達飛基老師。請問我們是不是該去會客室了？」

因為這樣，聽取荷馬傑克委託的人數比平常多一倍，變成了四個人。一進入會客室，舒莉葉便一馬當先衝向前。

「路途上辛苦您了！您好，我是美蘇基王國的姬騎士，名叫舒莉葉！我從國中時就一直是荷馬傑克前輩的粉絲！請問能不能麻煩您幫我在佩劍上簽名！」

「本小姐第一次看到舒莉葉這麼開心喲。看來她非常仰慕那位男士呢！」

「這個人究竟是怎樣，有夠沒定性……簡直跟電動牙刷一樣靜不住。」

話雖如此，外表屬於美女的舒莉葉主動示好，從荷馬傑克的個性來想，必然會欣喜若狂才對。沙優娜原本這麼認為；意外的是，荷馬傑克口光銳利地向前伸出一隻手，默默地搖了幾次頭。接著，他靜靜開口說：

「——荷某早已卸下騎士之銜，無法回應妳的這般期待。」

「怎、怎麼會……！」

「荷馬兄，你的真心話是？」

「荷某對下流的女子硬不起來。」

「他好像看穿什麼了！明明自己也是個下流的男人！」

「哈哈，荷某鍾情的對象終究只有沙優娜小姐！中途換推乃是邪道，故荷某之信念與老二都不容扭曲！」

「你的處世之道本來就歪七扭八了啦！」

荷馬傑克大概是見到久違的沙優娜而感到高興，命根兒正逐漸把「救水」的布料往上頂。再繼續往上頂的話，這傢伙的胯下應該又需要用沙優娜的迷你頭像遮起來了。

被無情拒絕的下流女子舒莉葉則是垂頭喪氣，愛麗絲正在安慰她。荷馬傑克朝著她們倆瞥了一眼，進而像是在玩味沙優娜全身上下一樣地開口說。

「後半段的旁白敘述沒必要吧！請不要這樣！」

「賢勇者大人府上……舔……還真是……啾啾……熱鬧啊……呼啊……呼啊……敢問這究竟是什麼狀況？」

與其說荷馬傑克在玩味沙優娜全身，不如說他已經伸出舌頭舔起現場的空氣。

「這樣看來——荷馬兄正在自己的想像中對沙優娜施展百烈舔……！無論再怎麼抵抗，想像中的沙優娜都會被降防到零。狀況便是如此這般。」

「啾啾舔舔！」（荷某明白了）

「噗咻嚕嚕嚕嚕嚕嚕！啵！咕啵咕啵！」（荷馬傑克大人請問您來訪究竟有何貴幹？）

「下流男女之間發生了最糟糕的連鎖反應！」

「稀哩呼嚕，舔舔舐舐舐舐……嗯啊！」（我也對這一點感到好奇 荷馬兄，你今天來是有什麼事情 不要啊！）

「請老師別用這種連在情色遊戲也看不到的暗號對話！難道你們幾位都是來自外星球的生物嗎！」

「他們對話用的暗號與其說像在舔東西，感覺都已經含進去了喲，姊姊！」

「愛麗絲……現場真的只剩妳是最後的良心了……！」

「舔舔舔舔舔舔舔舔舔舔舔。」（能聽見姊姊這麼說是我身為師妹的福氣喲！）

沙優娜默默朝愛麗絲臉上賞了一巴掌。

「好痛喲！」

「不准妳玩弄師姊的心……！」

「──諸位應該聽過『招式已老』的說法吧？目前荷某正是為此所苦。」

雖然沙優娜一直被在場所有人用舌語刺激，總算還是從荷馬傑克口中問出他這次來訪的理由。艾達飛基這次始終站在旁觀的立場，因此沙優娜非得率先行動才可以。畢竟愛麗絲正逐漸覺醒為耍寶而非吐槽的角色。

「你說招式已老……」

「是指這部小說的笑料對不對！」

沙優娜默默甩了愛麗絲耳光。

「痛死了喲！」

「蠻不講理地對師妹施暴可不行，沙優娜。要是被爆料給媒體知道，我們艾達飛基部屋會因為對門下弟子管教失當而惹禍上身。」

「跟相撲力士界一樣嗎！可是，誰教她……嗚嗚，對不起。呃，請你繼續說。」

「荷某也想讓沙優娜小姐管教──等這件事談完以後，我倆一塊兒到夜晚的街上散散步好嗎？」

「別想著把我帶出場！你來這裡委託是當成上酒廊嗎！」

──照荷馬傑克的說法，「救水」啪啪打在身上的刺激爽歸爽，卻無法否認自己這陣子開始覺得膩了的事實。

舒莉葉聽完後，就興沖沖地做了總結。

「就像內容再怎麼色，每天用同一張色圖也會擼不出來是相同的道理吧！」

「這話應該有點出其中妙處。年輕的騎士，妳頗具慧根。」

「我偶爾想換換口味，也會試著挑戰平胸系的實用度，卻還是會在中途換回平常喜歡的類型哪。內心只覺得不希望浪費掉這一個打席。」

「原來如此……那麼沙優娜姊姊也會每天用纖纖玉指擼嗎？」

「才沒有！」

「吾徒愛麗絲，妳的語氣和話題切入方式感覺像黑柳徹子呢。」

「荷某也有付出努力，無奈距離領悟新的境界尚遠……照這樣下去，我每晚都得在睡前自我安慰，否則便有失心狂亂之虞……」

「要用狂不狂亂當標準的話，你早就沒救了耶？」

「可是，到底要怎麼幫他解決問題才好？本小姐完全想不出辦法……姊姊妳呢？」

「唔！這個嘛……呃……」

沙優娜含糊其辭，然而她也一樣想不出任何主意。說實話，她想要把荷馬傑克趕回去，但是艾達飛基不可能允許。另一方面，這次的委託卻又非得由沙優娜和愛麗絲負責解決。

舒莉葉看兩名徒弟陷入苦思，便楚楚可憐地說：

「公主、沙優娜師姊。兩位是否記得剛才不顧我排斥而強行拔出的小瓶子？」

「妳別自許為被害者！所有過程都是妳的主子下的手！」

「嗯，本小姐當然記得。妳是指那個帶有體溫又溼滑的小瓶子對不對？」

「妳們說的是這只小瓶子吧。」

「為什麼老師會拿著……這瓶子怎麼了嗎？」

原本插在舒莉葉體內的小瓶子，不知不覺中來到艾達飛基手上。艾達飛基輕輕晃了晃那只小瓶子，瓶裡裝滿的液體隨之起伏生波。

「——其實呢，這只小瓶子裝著『讓敏感度變成三千倍的藥』。」

「突兀的對魔忍主義！」

「你、你這傢伙為什麼會知道！這種藥可是我等姬騎士相傳的祕藥！」

「因為這是我以前用一種名為映鏡菇的香菇當主原料才製作出來的祕藥。沒想到竟然會輾轉流傳到姬騎士手中。」

「哦！這就是靠事後補充來回收伏筆的手法對不對！詳情請參照第一集第二話喲！」

「哈哈，不愧是賢勇者大人。所謂的粉絲服務就是如此！」

「我倒希望妳先說明為什麼要把那種效用堪慮的藥放在屁屁裡……」

雖然不知道這算是針對哪個層面的粉絲服務，但是在艾達飛基彈響手指以後，瓶子裡的液體就變成泡沫飄到了空中。接著泡沫分成了五團，並且飛向在場眾人的嘴巴。沙優娜等人不經意地吞下了姬騎士所用的祕藥。

「感覺只靠妳們倆要解決這項委託仍有困難，因此我來幫一點小忙吧。取名為『敏感度三千倍去了哪裡』的比賽要開始嘍！」

「老師又弄出莫名其妙的把戲了……」

「這話說得太早嘍，沙優娜。對於荷馬兄來說，未曾體驗的刺激會成為打開新愉悅之門的契機。這就是為了促使他邁出第一步的比賽。」

不知不覺中，在會客室桌上已經準備好一支在前端附有食指造型物的長棒。艾達飛基把那撿了起來。

「那種藥若是服用量不達標準，身體上就只有一部分的敏感度會變成三千倍。現在你們都感受到身體有一部分開始變得熱呼呼了吧？」

「聽老師一說，我稍微有感覺了……」

「哎呀，真的呢。這就是……所謂的熱點嗎？」

「G點？公主！妳不能講那種詞！」

「荷某認為，G點這字眼……年歲尚幼的孩童可不能掛在嘴邊喔？」

「難道他們的耳膜敏感度倒扣三千倍了嗎！」

順帶一提，沙優娜肚臍附近熱呼呼的，看來她似乎是肚臍的敏感度變成了三千倍。描述這麼多感覺也無法傳達給讀者的旁白應該並不多見。

「來說明規則吧，攻方要拿這支戳戳棒，朝著受方身體的任一部位戳。假如戳中敏感度三千倍的位置就是攻方獲勝，否則就是受方獲勝，攻受方要互換。懂嗎？很簡單吧？」

「老師，攻的反義詞是守。」

「這活動令人好不雀躍，賢勇者大人。那荷某也要稍做準備。」

荷馬傑克爽朗地脫下「救水」扔到一旁，變成全身赤裸。

「我奉陪。」

艾達飛基也脫光了與其呼應。

「哈哈，這讓荷某有幾分懷念。回想起來，我們相逢也是在這樣的場景哪。」

「說得是。遮在荷馬兄胯下的沙優娜標誌也大了許多呢……」

他們倆正朝著脫光後出現在自己跨下的摸來摸去。顯得很排斥。

「請你們不要自然而然地呼喚、把玩起那個部位！」

「現場的沙優娜姊姊變成三個了！」

「原來如此——」

舒莉葉點了頭，然後露出下體。霎時間，也出現在她的胯下。

「好猛www」

「別玩了！話說我的臉到底是拿來做什麼的！」

「哲學性的自我詰問嗎？那點暫且不提，沙優娜。第一回合由妳跟舒莉葉小姐對決。」

戳戳棒被遞到她們倆手上，雙方隨之對峙。姬騎士那邊擺出了架勢。

「沙優娜師姊……我會向妳施展秋沙雨，準備好了嗎？」

「一次防禦會命中的次數未免太多了吧！這樣我要被戳十次以上耶！」

「不然我用散沙雨就好。」

「那樣大概還是會戳中五次左右！不要再玩命運系列的梗了！」

「順帶一提，沙優娜先攻，因此麻煩妳快點戳舒莉葉小姐。」

「姊姊！請妳加油！」

「沙優娜小姐主動戳人有戲，被戳也有戲，可以說站在相當有利的立場。」

「無論怎麼發展都有好處——正可謂女主角的特權吧。」

「真希望放棄權利……！唉喲，討厭，那我隨便戳嘍！」

「儘管放馬過來。」

沙優娜並沒有特別瞄準，就草草地朝著舉起雙手的舒莉葉側腹戳了下去。

「嗯吼喔喔喔喔喔喔喔喔喔喔喔喔喔喔喔喔喔喔喔喔喔喔喔喔

喔喔喔喔喔喔喔喔喔喔喔喔喔喔喔喔喔喔喔喔喔喔喔喔喔喔喔喔♥♥♥♥♥♥♥♥啊♥♥♥那邊不行♥♥♥♥要去了呃呃呃呃呃呃呃呃呃呃呃呃呃呃♥♥♥♥♥♥」

「連世界觀都難保不會遭受動搖的肢體反應！」

「這就是敏感度三千倍的威力對不對？舒莉葉比平時還要聒噪呢！」

「問題才不只音量而已！她好像翻白眼了！」

舒莉葉全身上下能流出汁液的部位都在狂瀉，還吐舌翻了白眼，莫名其妙地用兩隻手比出V字昏厥了。

「突然就戳中要害，會讓人懷疑比賽作假呢。沙優娜，接下來由妳和荷馬兄比一場吧。同樣由妳先攻。」

「為什麼又是我！接著換另外三個人比才對吧！」

「這是由妳一個人進行車輪戰的賽制。」

「講規則的霸凌嗎！」

「沙優娜小姐！」

荷馬傑克帶著少年般閃亮的眼神，當場做起暖身運動。

「荷某的小兄弟不知為何格外生猛熱燙！不可思議！怎會如此！」

「荷馬兄打起心理戰了嗎……！」

「直接表露慾求就叫心理戰的話，所有嬰兒都是心理戰專家了啦！」

「這樣看來非得戳我的小兄弟才能絕薪止火啊！絕薪止火，沙優娜小姐！絕薪止火！」

「閉嘴啦，你絕子絕孫算了！」

荷馬傑克的胯下以及逐漸朝沙優娜逼近。他那後仰弓身的姿勢，感覺有些駭客任務的調調。

「你、你別過來！」

沙優娜反射性地舉起戳戳棒，棒子前端掠過荷馬傑克的右乳頭。

「噢噢噢噢噢噢噢噢噢噢嗯♥♥♥♥要、要命♥♥刺激得要命啊啊啊♥♥♥」

「咦……」

「看來荷馬兄的敏感度三千倍部位在右乳頭。」

「那他為什麼要推薦戳胯下！」

「應該是心理戰吧。雖然以結果而言他敗給了妳施予的愉悅。」

「我既不覺得自己擊敗了對手，也沒有任何獲勝的喜悅……！空虛……！」

荷馬傑克像臨死的蟲兒一樣抽動著。但是他跟舒莉葉不同，並沒有連意識都放開，雙腳與下體都還設法挺立著。儘管呼吸急促，其眼神卻沒有在愉悅中完全淪陷，目光仍直直地盯著沙優娜。

「荷某……尚未敗北……！再來一次……！沙優娜小姐，再來一次……！」

「比賽應該結束了吧……」

「只要對手的心沒有屈服，這場比賽就不會結束。沙優娜，這是獲勝者在最後的餞別。麻煩妳，再一次親手送荷馬兄上路。」

「拜託老師別繞著圈子叫我戳他的乳頭啦！我才不要！」

「縱臨威武強敵，大丈夫志堅不屈。時也，命也，乳頭也。 荷馬傑克」

「吟什麼辭世之句啊！」

「先是強調自身意志的堅定，卻又奈何人的時運命數就像乳頭一樣無法左右有意境。乳頭一詞更帶出了句中的季節。」

「乳頭是能看出什麼季節啦！」

「哎呀？不是會用櫻花色來形容乳頭嗎，我想這是暗指春季喔？」

「這傢伙的乳頭可是黑漆漆的耶！」

「那就會讓人聯想到夜晚，因此可以代指夏季、秋季或冬季吧。」

「是和小蘇打粉一樣萬用的季語呢！」

「籠鳥弟弟小雞雞，含苞妹妹海咪咪。 荷馬傑克」

「夠了！」

沙優娜手刀一揮，朝著荷馬傑克的右胸膛吐槽。（季語為雞雞）

右乳頭受到與剛才無法比擬的衝擊，震撼竄過荷馬傑克的全身。超越愉悅的愉悅使得這個男人連肢體反應都做不出來，進而奪走他所有意識。

僅剩乳頭與老二仍挺立的荷馬傑克，就此淪陷——

「他、他死了嗎……？命喪於姊姊的絕技（手技）……？」

「妳少扯什麼絕技。」

沙優娜擰了師妹的臉頰。一瞬間，愛麗絲整個人蹦了起來。

「嗯哈啊啊啊啊啊啊啊啊啊啊啊啊啊啊嗯♥♥♥」

愛麗絲出局！

「原來她的敏感處在那邊嗎！」

「多、多麼厲害……！妳在這場比賽中太強勢了……！催、催淫狂魔……！」

「請老師不要幫我亂取綽號。」

沙優娜似乎不想再碰到任何人的身體，就只是用瞪的。艾達飛基則用手指頭抓搔自己的喉結。

「噫啊啊啊啊啊啊啊啊啊啊啊♥♥♥」

「老師剛才是自己抓的吧！對吧！喂，我看到了喔！」

儘管沙優娜開口抨擊，艾達飛基還是被她瞪一眼就高潮了——姑且當成是這樣吧。

回神後，會客室裡已是慘遭高潮而淫橫遍野的景象。

「沙……沙優娜師姊……！妳竟敢……對公主下手……！不可饒恕……！」

不過，最先昏厥的舒莉葉勉強恢復意識起身。她似乎發現自己的主子愛麗絲被弄到高潮，而對沙優娜懷抱非同小可的殺意。舒莉葉從前方道具穴取出愛不釋手的那條黃瓜，並且擺出架勢。

「舒、舒莉葉小姐！請妳住手！我並沒有惡意——」

「多說無益……！妳覺悟吧……！」

舒莉葉將黃瓜舉至腰際，一瓜刺向毫無防備的沙優娜。

——瓜尖就這樣捅進沙優娜的穴(肚臍)裡。

「嘎♥♥♥♥」

那與其說是人類的叫聲，感覺更像鳥啼獸嚎。沙優娜帶著女主角的風範高潮，隨即昏了過去。

舒莉葉露出賊笑——然而沙優娜在倒下鋁身之際，碰到了她的側腹。

「喔吼♥♥♥♥爽翻了♥♥♥♥真的爽翻了♥♥♥♥♥♥♥♥」

大概是眼淚的液體從某處隨著嘩啦啦的聲音噴湧而出，舒莉葉再次倒地。恭賀全體人員統統淪陷——

＊

「所以說，這就是特別為荷馬兄調整過的新型『救水』。」

「噢噢……！這就是……！」

在那之後，沙優娜她們找出替荷馬傑克解決委託的頭緒，便在艾達飛基的主導下製作了新款「救水」。名副其實全裸待命的荷馬傑克立刻伸臂入袖……應該說，在調皮搗蛋間把它套進胯下。

「這、這是……！」

這次的款式究竟新在什麼地方呢？荷馬傑克一看就能明白。

除了衣料依舊會啪啪作響打在身上以外，新型「救水」在乳頭部位有兩塊圓形的鏤空，讓荷馬傑克可以顯露出他那有如漆黑意志的乳頭。

「怎麼樣？這可是吾徒沙優娜與愛麗絲精心為你鏤空的。」

「本小姐的自信之作！」

「我只是拿剪刀努力剪了幾下。」

「……荷某以往曾感到疑問，卻從未深究。『為何男人無法授乳，還是長著乳頭呢？』學海無涯，我卻對這個問題視而不見。可是，我認為自己總算領悟到當中的意義了——」

「咦？不就是為了方便玩乳頭自慰嗎？」

荷馬傑克一臉嚴肅地說道，舒莉葉就多嘴插話進來。

荷馬傑克對她完全無視，並且直直地望向沙優娜。

接著，他用雙手比出愛心符號，同時湊在自己的右乳頭——

「……要吸可以喔♥」

「去死啦！」

「哈哈，我向妳致歉。那麼，希望沙優娜小姐可以反過來讓荷某吸妳的乳頭。」

「這不能構成談判！你可以滾了！噓！噓！」

沙優娜做勢趕人以後，荷馬傑克就朗聲大笑，還用食指彈了彈自己的乳頭，發出嬌嗔的喘聲。同時又有「救水」「啪」的一聲彈在身上，使他如野獸咆哮般引吭大吼。看來荷馬傑克的境界已經高了一層。

「荷馬兄，說到這次委託的費用。」

「噢，差點忘了。那麼荷某這次也會在最終話登場，以報賢勇者大人之恩。」

「哪有這種付款方式！我們不收現金以外的酬勞！」

不知道沙優娜的抗議有沒有被聽進去，荷馬傑克搖著屁股離開了。難道他又要在最終話出現嗎——令沙優娜感到厭惡的回憶浮現於腦裡。

另一方面，艾達飛基認為荷馬傑克的委託已經達成，就轉身面對另一組委託者，也就是愛麗絲與舒莉葉那邊。

他的神情沉著而穩重，實在感覺不出直到剛才還在嚷嚷敏感度與乳頭之類的字眼。只看這一幕儼然就有賢者的派頭。

「那麼……既然委託處理完畢，接下來輪到兩位了。愛麗絲、舒莉葉小姐。」

「嗯！本小姐在這裡學到的，真的全是彌足珍貴的經驗！感謝你們，艾達飛基老師還有沙優娜姊姊！我絕不會忘記在這裡度過的日子！」

「沒有描寫到的部分也就罷了，有描寫的那些日子大多過得不正經，我想妳還是忘掉比較好。」

「多虧舒莉葉小姐，我才能增廣見聞，對姬騎士的存在有所認識。」

「哼。我並沒有認同你這男人——但是在這裡度過的日子高潮迭起，我第一次看到公主這麼有活力。」

「請不要使用另有含意的措辭。」

「吾徒愛麗絲，本著賢勇者之名，我在此宣布妳已經完成學業。往後請繼續精進自我，有事隨時可以來求助我們。」

「艾達飛基老師——受您照顧了！這份恩情，本小姐將來一定會回報！」

愛麗絲念的只是短期課程，因此很快就被認定完成了學業。話雖如此，艾達飛基總不能永遠收她為徒。既然自許為賢勇者的徒弟，遲早有一天會像這樣從師父身邊學成離去。縱使是沙優娜也不例外。

「雖然期間短暫，我也很高興自己有了師妹。至今以來辛苦妳了，愛麗絲小姐。願我們能在別的地方再會。」

「請姊姊也要保重！本小姐一樣很高興喔！畢竟我是第一次遇到跟自己有**相同氣息**的人，還如此朝夕相處度過一段日子！希望姊姊永遠像這樣保持活力！」

「相、相同氣息？」

「沙優娜師姊，公主說的是女子每月都會迎接的那種獨特腥腐氣味。」

「我一直到最後都不覺得自己能跟妳和睦相處，再見。」

「真過分ｗｗｗ」

「令人火大……！」

——就這樣，愛麗絲和舒莉葉也離開了。不管怎麼說，他們四個人到底同居過一段時日，沙優娜心裡縈繞著些許落寞。

目送主僕倆背影直到看不見的時候，沙優娜才嘀咕：

「……老師，將來我也會得到認可而完成學業吧？」

「那倒不好說。妳還是有可能像之前一樣，單方面從我的身邊離去。」

「那、那次是因為……！」

「總之，沒有人能料到未來會發生什麼。假如妳能成大器再從我身邊離去，那自然是最好不過的事；然而——」

「然、然而什麼？」

艾達飛基直盯著沙優娜瞧，讓她莫名有些尷尬。

「——我想那一天應該還早。有別於愛麗絲那樣的天才，如今的妳踏不出凡人的領域，是個靠肚臍就會高潮到沒命的徒弟，有必要多加精進。」

「我才沒有死，再說那是藥物造成的。」

高潮的部分否認不了——

沙優娜總覺得心裡有疙瘩，艾達飛基卻打了個呵欠。徒弟在成長以後從自己身邊離去，對師父而言應該感到可喜，沙優娜會格外介意這一點才古怪。

（想一直當老師的徒弟……單純是我的任性嗎？）

「這麼說來，沙優娜。我有一個新發現。」

「咦？發現嗎？」

「對。所謂的姬騎士似乎是指『一國的公主擔任騎士之職』，而非『侍奉公主的騎士』。換句話說，倘若愛麗絲是騎士，便符合姬騎士的定義——」

「既然如此，那個下流的女人到底算什麼！」

「——單純就是個女騎士。」

「查清楚再來寫故事啦！」

舒莉葉的身分認同，不幸在最後的幾行對話遭到瓦解……！

《第十二話　終》

第十三話◎求職活動與徒弟

……………

「沙優娜，我們去魔界一趟吧。」

「咦？怎麼這麼突然？比平時還倉促……」

無論倉促不倉促，師父說要去，遵從就是弟子的義務。然而，沙優娜不熟悉魔界這個詞，便試著詢問艾達飛基：

「老師，能不能請教你剛才提到的魔界，是什麼樣的地方？」

「雷禪、軀、黃泉——卻出了個煙鬼！」

「當時我明明喜歡桑原……等等，這樣說明不可能被接受吧！」

「唉，簡單來講是基於方便，就依循該地的習稱，把人類因各種要素而無法輕易入侵、定居的大陸叫成魔界。」

「老師會說基於方便，表示原本還有其他名稱嘍？」

「是的。魔界的別名為——淘氣×獵人白書E黑暗大陸！」

「我現在懂了！老師根本就是富堅義博的狂粉！」

Great Quest
For
The Brave-Genius
Sikorski Zeelife

海潮洶湧，船隻無法停靠。不穩定的氣候導致農作物難以栽種。山地稠密而平原稀缺。有眾多凶猛魔物棲息，若是靠半桶水的實力去闖甚至無法活命。諸如此類的理由，使得魔界被認為幾乎沒有人類居住。

這樣的話，魔界會是一座只有魔物的無人大陸嗎？事實絕非如此。

「魔界住著許多擁有高度智慧的非人種族，俗稱魔族。他們就是用魔界這個詞，來稱呼自己所居的大陸。」

「原來如此。不過，老師何必專程去那麼危險的地方……？」

「到了以後我再說明。」

「又是那一套啊……」

由於是一如往常的套路，如今沙優娜已經不會去深究。

師徒倆才離開艾達飛基的住處，就忽然被叫住。

「——喂，阿基。咱到嘍。」

「咦？尤金先生？今天並不是你會來的日子吧？」

「這位準班底還是一樣愛搶戲呢。」

「是你忽然找咱過來的吧！咱一路上都用趕的耶！」

疑似衝過樹海趕來這裡的尤金將艾達飛基一屁股踹飛。

然而，他似乎多少有點累，威力顯得不如平時。

「正好尤金也到了，我們出發吧。到魔界的路途遙遠，我們就搭那個去。」

艾達飛基以指代笛吹出「嗶～」的聲音。於是，撲翅聲隨之響起——

〒102-8177

東京都　千代田區富士見　2-13-3

電擊文庫編輯部

「代步工具人員」

「我隱約感覺到老師指的是什麼，果然就是它！」

出現在一行人眼前的，正是在本作占了吉祥物空缺的那隻召喚物，而且尚未取名。

這隻神祕生物能在天上飛，過去沙優娜踏上旅途時也曾利用到。

當然，艾達飛基和尤金也搭乘過。從這層意義來說，它也算占了移動手段的空缺。

「『代』那附近有點髒呢。雖然沒有足以影響到估價的傷痕。」

「我明白了。下次我會先將它用清潔劑水洗一遍再上蠟。」

「你們師徒倆把它當新車在保養嗎！……嗯？」

尤金凝眼盯著那隻召喚物。好像有什麼地方讓他感到介意。

「尤金先生？怎麼了嗎？」

「即使你那樣盯著它，電擊文庫編輯部也不會給我們任何回饋喔。」

「別突然吐苦水啦！呃，沒事，沒什麼。感覺是咱多心了，走吧。」

東拉西扯以後，三個人都搭上那隻召喚物。他們究竟是以什麼方式搭乘上去的呢？在此刻意不加以描寫，希望各位讀者能以想像力補充。

〒102-8177
東京都　千代田區富士見　2-13-3
電擊文庫編輯部
「本集戲分只有這樣人員」

「感覺好可憐喔……老師，能不能設法幫幫它呢？」

「問題在車身寬度……大型車難免比較占空間，這不好幫。」

「什麼寬度，那叫做篇幅啦！你倆養的這隻寵物一出場就要用掉八行！」

可謂輕小說界Hiace的那隻召喚物，就此朝天空翱翔而去——

＊

那兩座相鄰的建築物是在連綿高峰圍繞下立地興建而成。

其中之一嶄新而醒目，屬於竣工後年月尚淺的小巧石砌城堡。另一邊則是城牆處處可見碎裂殘缺，還被植物藤蔓重重包圍的頹圮古城。而在古城前面，掛了塊大大的招牌。招牌上用粗毛筆直接題了一串漂亮的好字。沙優娜仔細端詳那寫了什麼——

← 新年度　魔王軍 正式錄取面試會場　應屆畢業者用　入口

「面試會場？」

「換言之，本章節是要回覆在第一集時完全沒有後續預定的魔王軍報名函。」

「欸，阿基。這梗埋太深了吧！你以為從第一集到現在隔了多久！」

「這部小說毫無計畫性的通病比平時更顯著了耶……」

「畢竟執筆第一集時，根本不曾料想到會有這本第二集存在啊——」

艾達飛基暗示有巨大的外力在操弄。

總之先將那些事擱一邊，這裡是魔王軍的所在地……亦即魔王城。這表示居住於其中的城主當然就在此，而且尚未有人呼喚，城主就從上頭縱身躍下。

「艾達！余等你很久了！」

具有深紅秀髮、黑角與尾巴的異形少女——現任魔王赫夜。華麗著地的赫夜像狗一樣猛搖尾巴，並且欣然迎接艾達飛基的到來。

「讓妳久等了，赫夜小姐。看來妳這邊也準備就緒了。」

「嗯！余按照你說的，親筆在這塊招牌上寫了字！很賞心悅日吧？」

「是啊。赫夜小姐真是寫了一手好字，彷彿換了字型呢。」

「不是啊，老師。那些字確實用了不同的字型啦！要說的話還加了外框！」

「話說這女的疑似缺乏個性，續集就給她補了一個『字跡漂亮』的屬性，這算哪招啊？簡直跟寫字漂亮的棒球社王牌一樣無關緊要嘛。」

沙優娜與尤金一見到對方就挑起毛病。赫夜似乎這才注意到他們倆的存在，面色一改的她絲毫不掩飾臉上不悅的情緒。

「賤民和變態嗎。艾達，為什麼連他們兩個都在？」

「人手不足啊。這類行事到底需要勞動力。」

「勞動力？余不懂那麼多，反正想踏進余的城堡就要下跪懇求！」

「行，妳就說一句，給不給咱踏進城？」

尤金學不良少年蹲下來，然後仰頭朝赫夜開口威嚇。訣竅在於將下巴略向前伸，還要露出牙齒。他這些動作做得相當熟練，可見應該有經驗。

「這好像跟余知道的下跪方式不一樣……看了會怕……」

「看吧看吧看吧！妳要是講話太過瞧不起人，小心又會被惹哭喔！我可是有尤金大哥罩著我！」

「這丫頭狐假虎威就想騎到魔王頭上啊？」

「沙優娜在這方面拿翹的本事，更勝於手裡有道具的大雄呢。」

結果，赫夜似乎想起自己曾被尤金修理過一頓，雖然嘴裡嘀嘀咕咕地不知道在說些什麼，最後還是准許他進城了。當中絲毫沒有身為魔王的威嚴。

魔王城裡滿是塵埃又昏暗，地板外翻，還有蜘蛛網滿布各處。毫無家具擺設的環境恐怕沒有人居住，氣氛簡直可以稱之為廢墟。

「唉～這荒廢至極的裝潢是怎麼回事啊？呃，不要看我這樣，早些年前我也當過公主喔～淒涼到這種地步的城堡，以往我可真沒有見識過呢！」

沙優娜一邊數落……一邊就用手指撫過身旁的牆壁，指頭全黑了。

「你們看！都是灰塵！」

「丫頭，別秀了。」

「連為師也覺得自己這徒弟扮起惡婆婆實在煩人。」

「唔嘎嘎嘎……！閉、閉嘴，妳這下人！不准妳嘲弄余的城堡！」

赫夜被激得惱火，就用力把沙優娜推開。她好歹身為魔族之王，力氣與人類不能比，沙優娜被推到飛出去、在地上打滾。

「好、好痛喔！啊啊啊啊！我磨破皮了，衣服也被弄髒了！妳這個女的……尤金先生！教訓她！麻煩把她多餘的乳房扒一邊下來！」

「要教訓就自己動手，小夫！」

「余忍無可忍了！賤民！余現在就掐死妳這無禮之徒！」

「好了、好了。請赫夜小姐也冷靜下來。吵架是不行的喔。」

「這兩個丫頭簡直就像吠不停的小型犬……」

事到如今才說明稍嫌太晚，沙優娜與赫夜勢如水火。她們之間有多不和睦，在上一集與電擊文庫MAGAZINE2019年8月號刊載的短篇都有寫到，但一行人這次並不是來魔界吵架的。艾達飛基安撫赫夜，一邊治療沙優娜的擦傷一邊提議：

「既然沙優娜的衣服沾滿了灰塵，那正好。我這裡準備了替換用的全套服裝，請沙優娜與赫夜小姐到旁邊的房間更衣。」

「嗯，跟上次一樣，這是艾達為余製作的衣裳吧？」

「有別於女僕裝，我總覺得這次的衣服好陌生……」

「這跟所謂的工作服類似。我和尤金一樣也有份，因此我們倆就在這裡換衣服吧。快點、快點，所有人都動起來！為了導入插圖的描述！」

「阿基，為了故事情節而支使角色行動可是三流的證明耶？」

但本作在五流之下因此不構成問題。沙優娜和赫夜一邊互鬥一邊走進別的房間，留下的艾達飛基與尤金則決定當場更衣。

「對了，尤金。你可知道我所發明的『想看裸體液』？」

「不知道。」

「這種液體滿載著男人的夢想，可以只將衣物纖維溶解。」

「哼～……所以呢，你拿著那種液體想幹嘛？」

一經詢問，艾達飛基就在第一時間將「想看裸體液」潑向尤金全身。

他彷彿想說：一絲不掛的尤金在轉眼間完成嘍！

「這哪招？」

「我猜你會覺得脫衣服費事。」

「哼～」

遛鳥狀態的尤金一邊點頭，一邊徒手扯爛艾達飛基的長袍。

他彷彿想說：一絲不掛的艾達飛基在轉眼間完成嘍！

「為何這麼做？」

「咱認為你會嫌脫衣服麻煩。」

「你真溫柔……♥」

「別紅著臉肯定咱的野蠻行為啦！沒理由特地毀掉咱穿來這裡的衣服吧！咱再進一步問好了，為什麼要把鏡頭留在咱倆換衣服的過程，而不是那兩個丫頭身上！」

「大概是想將供給硬塞給找不到需求的市場吧。」

「這是用空虛感在製作鵝肝醬嗎！」

哥倆赤身裸體地你一言我一語。當他們還在拌嘴時，門「喀嚓」一聲打了開來，換完衣服的沙優娜與赫夜走出房間。

「讓你們久等……欸，為什麼你們兩個都還光著身子啊……」

「你、你又在遛鳥了嗎！變態！滾邊去！」

「妳倆換衣服真夠快的耶！還有妳才該自己轉頭迴避啦，臭小鬼！」

「尤金，是你自己動作慢而已。」

艾達飛基在不知不覺中已經換好衣服，因此現在赤身裸體的只剩尤金。

「要逐一吐槽也挺那個的，咱換完衣服就幹掉你。行吧？」

「真是簡潔俐落的犯罪預告。」

「尤金先生赤裸裸地說這種話，與其用簡潔俐落來形容，我只有感受到蠻勁耶……」

「話說回來，艾達。先不管那個變態，余和賤民穿的這身衣服是什麼名堂？」

「對啊，老師。這是什麼衣服？」

她們倆都穿著素面的女用白襯衫，還外搭色調形成對比的黑外套。與外套同色系的裙子則是將腰際束緊的窄裙。儘管裙身從膝蓋以上微微開了岔，卻看不出裙子特有的摺線。搭配高鞋跟的皮鞋，沙優娜與赫夜看起來都比平時更苗條。不僅如此，她們倆還戴了沒有度數的眼鏡。明明兩邊都是傻瓜，卻顯得很聰明。

「這叫做『醋鬱（suit）』，在異界歸屬於奴隸階級的人類，是每天前往社會服務之際會穿的衣服之一。輾轉演變至今，當奴隸進行面試錄取新奴隸之際似乎也會穿著。而且這次我活用了藉由『救水』反省得到的經驗，將款式分為男用及女用。這點從業務用的旁白敘述應該也能窺見一二。」

「老師，我在想商業輕小說是不是通篇都可以算業務用。」

艾達飛基也跟沙優娜等人一樣，穿著上下全黑的「醋鬱」。不過，他底下穿的是長褲而非裙子，還打了深藍色的領帶束緊領口。附帶一提，艾達飛基這邊也戴著平光眼鏡，因此只要不作聲就有可能流露出知性。

「嗯……換句話說，這是奴隸服嘍？余穿不合適！而且穿起來感覺好難受！」

「嘖！」

「妳們身高差不多，因此『醋鬱』的尺寸是相同的。哎……既然胸圍這方面事到如今也不該多做比較，只好請赫夜小姐忍一忍了。」

「原來如此。就這點而言，賤民活動起來似乎很方便，令人羨慕。余就不一樣了。」

「（怪聲怪叫）」

「噢噢……沙優娜氣得發出了電子音效般的吼聲。」

赫夜由衷的感想刺激到沙優娜，使她以老人家無法聽見的音域大聲叫囂。

「喂。咱也換好嘍。」

遲了些的尤金也來到現場。他穿著外套與長褲之間毫無接縫的純白「醋鬱」。褲管的下襬寬大，前襟開敞直達心窩，從中露出的鮮紅內衣很傷眼。

此外，尤金戴的並非眼鏡，而是大鏡片的黑色墨鏡。那副模樣簡直就像過去曾風靡一世的打扮。

「嘿嘿，感覺只有咱這套衣服氣質不同。這是霸凌嗎？」

「從這個人敢主動提意見就知道他絕不屬於會被霸凌的類型。」

「尤金，是我替你安排了符合喜好的風格。很適合你喔？」

「因為文筆太爛，根本沒人看得懂是什麼風格啦！這是艾維斯・普里斯萊的表演服(Jump Suit)吧！但面試會場會有穿成貓王風格的面試官嗎！有的話也太嚇人了吧！咱說那間公司！股票會搞到下市啦！」

「為什麼這部小說每次都要大為忽視讀者的年齡層，還若無其事地採納這些陳舊過頭的老梗呢……」

「這我也不曉得耶。」

「話說，為什麼要把咱當成笑點！難道咱是《絕對不能笑系列》綜藝節目的濱田嗎！」

「好恐怖好恐怖好恐怖！老師，趕快扔那個將場景切換掉！這位異世界貓王從剛才就一直散發若隱若現的瘋狂氣息！」

「異世界貓王……語感不錯呢。我扔。」

「余問一句，你們說的貓王是什麼？」

＊

面試在魔王城的一個房間裡進行。房裡擺著讓雙方面對面的長桌和椅子，長桌這邊有艾達飛基等四人，椅子則供報名者坐下。

此外，這並非團體面試，而是一進場就開始個人面試。

「老師，說實在的，我沒有參加過這種活動，所以不知道怎麼做比較好。」

「余也一樣！」

「基本上活動由我來主持，妳們兩位坐著就可以了。偶爾會需要向報名者提出問題，妳們頂多只會在那時候才有事情做。」

「阿基，話說這場面試來了多少人啊？」

「令人驚奇的是，我們收到了八封報名函。經過嚴格審查與頁數上方便的考量，結果有四位報名者通過書面選拔而受邀到場面試。」

「我覺得幾乎都是考量頁數的方便……」

「連續集是否會出都不確定，還有那麼多人願意把明信片及郵票費用丟進臭水溝啊……真是世風日下……」

「事實就是有好幾個人為了余這麼做！實屬可喜之事！」

「這不正顯示出社會的溫馨嗎？下次我們就以本作再刷為目標，對讀者們動之以情。」

「老師太得意忘形了啦！」

「傲慢到不值得讓人為你付救命錢！下地獄去吧！」

艾達飛基等人嚷嚷到一半，房裡響起敲門聲。看來第一個報名者到了，沙優娜不由得在椅子上重新坐正。艾達飛基隔著門板說：「請進。」門就緩緩地被打開。

「歡迎你來到面試會場，請在那邊的椅子坐下。」

「哼……」

出現的報名者從鼻子哼聲，並且朝房裡看了一圈。來者怒瞪似的依序確認坐在現場擔任面試官的四人臉孔。隨後，這個人就大搖大擺地坐到報名者用的椅子，還翹起腿來。

（態度好惡劣喔……）

有了直率觀感的沙優娜瞥眼向旁邊確認。於是，她發現尤金正在做筆記。這就是人資所特有的即時神祕筆記評分壓力。喂，你在動筆寫東西之前總該看我這邊吧——報名者不禁會產生這種想法。順帶一提，赫夜只顯得坐立不安而已。

「那麼，請教貴姓大名。」

「吾名為『電角擊川WorksMedia丸』……為了將混沌帶來世上而誕生的存在。」

「這名字還真是閃亮呢。」

「老師，與其說閃亮，這個人的名字根本就鍍了一層金閃閃的惡意嘛！」

「光報出名字就會被刷掉啦！咱連性別是男是女都聽不出來！」

「吾為女性。」

「沒想到竟會是女角……！」

「這拚的就只有意外性嘛……」

「余認為是個好名字。」

「那麼，電角擊川WorksMedia丸。能不能再請教妳父母貴姓大名？」

「為、為什麼老師要問父母的姓名啊？」

艾達飛基看都不看，就將一張文件順著桌面送到有疑問的沙優娜眼前。

那似乎是報名者的履歷表，沙優娜連忙過目內容。

「父母？吾為有象利路所生。」

我想出來的最強角色！

名字：電角擊川 WorksMedia丸

性別：巨乳（大到不行）

技能：「神」、「不死」、「天地創造」、

「禁記」、「超速思考力」、

漢字不會寫！

「空間超越」、「肉體超強化」、

「不會被大人物罵」

備註：我從出生前就是有象師老的粉絲！

反了!!

請讓我錄取～！！！

「老師，這……這根本是自導自演編出來的角色嘛！跟我們源自同處！」

「我做個補充，第一集上市後，有象認為沒有人會報名，就心想：『那樣也滿令人哀傷的。』而率先設計了她這個角色寄到編輯部。」

「吸引同情比惹人發笑還優先的原梗解說……！」

「話說性別寫成巨乳是哪招？」

「余覺得這字跡好醜……」

「身為讓人賞口飯吃的作家，卻動不動就朝著恩人兼主人的電擊文庫張牙舞爪……」

「從這張履歷表似乎能看出他原本想寫『老師』，卻因為真的筆誤又沒有預備的明信片，只好直接寄出去呢。」

「臭傢伙！別擅自辱罵他人的父母！難道你們沒學過這樣是不對的嗎！」

「咱們的催生父母都是同一個人，所以沒關係啦。」

面對血統相當於源自同脈的電角擊川WorksMedia丸，有一陣十分尷尬的氣氛在面試會場瀰漫開來。艾達飛基察覺那一點，便彈響了手指。

於是，電角擊川WorksMedia丸正下方冒出巨大的豎坑，她還來不及說些什麼就直接栽下去坑裡了。

「這是面試。她有欠禮節，講話更完全不懂得客氣。這種報名者會由我這邊強制退場，畢竟我們張羅的並不是一場兒戲。」

「還可以強迫退場嗎！」

「這次阿基做得對。」

「禮節可是很重要的！艾達的判斷有其道理！」

「……老師這樣做固然是正確的啦。但真的不是別有用意嗎？」

「當中並沒有安排面試就可以讓所有報名者一律用敬語省事的其他用意。」

「一口咬定就是別有用意！所以這次故事才會採用這種形式嗎！」

沙優娜的問題尚未得到解答，又有敲門聲響起。下一個報名者似乎已經到了。

艾達飛基再次把履歷表傳給沙優娜。

「請進。」

「失禮了。」

「那麼，請坐到那裡，然後介紹自己與催生父母的大名。」

「我的催生父母筆名叫『希望耀瑟勒嫣嫣能有插圖』。」

「咱真不敢相信會有這種筆名……」

名字：老奶奶

性別：女

年齡：大約七十歲

技能：做牡丹餅、博學、擁有橘子與紅豆冰棒、電子機器抗性X、堅硬的食物X、快嘴快舌抗性X

說明：住在赫夜家附近的老奶奶。

同情父親被打倒、部下也紛紛離去的赫夜才志願加入魔王軍。

有獨生子和孫子卻不常來探望自己，內心寂寞。

視赫夜如同自己的孫女。

拜訪她家的話，夏天可以吃到紅豆冰棒，冬天可以吃到橘子。

像一般的老奶奶，對電子機器和堅硬的食物很弱，遇到講話快的人也有點聽不清楚。

偶爾會親手做牡丹餅，味美可口。

「我名叫『老奶奶』。」

「老奶奶嗎！」

「咱真不敢相信會有這種角色名稱……」

「欸，老師。這單純是一般的名詞吧！我的長輩裡也有奶奶啊！」

「順帶一提，希望耀瑟勒媽媽能有插圖的這位讀者一個人就寄了三張明信片報名。實在太棒了！」

「他執著的方向是不是錯了啊……？」

「老師，這樣浪費掉的明信片和郵票費用就是其他報名者的三倍了耶……」

更讓人過意不去的是，本集耀瑟勒快瑟勒的媽媽是否會有插圖，在撰寫本章節的時間點依舊完全不明。畢竟作者無權決定那些……

那碼歸那碼，沙優娜重新細讀履歷表。

「……這個老奶奶人好好喔……」

「余沒有親戚，所以完全不懂奶奶是什麼樣的存在……可是卻感受到一股難以言喻的溫暖！艾達，這個老奶奶錄取了！」

對於孑然一身的赫夜來說，奶奶這個詞應該令本能受到打動吧。

可是艾達飛基與尤金望向彼此的臉搖了搖頭。

「很遺憾，她在年齡方面稍微……大幅超出了錄取標準。形式上這姑且是向應屆畢業者舉辦的面試。」

「或許她誤以為自己是人生的應屆畢業者啦。」

「你們居然把老奶奶講得像餘壽無多一樣！她還健在啦！」

「年、年齡總有辦法通融的！余覺得老奶奶很好！」

「ZZZ……」

「欸，這個阿婆在面試中睡著了耶？咱要是猛力吐槽，會害她直接掛掉啦！」

「尤金先生，她可是讀者投稿的魔王軍應徵角色，拜託你放尊重點！說什麼掛掉！」

老奶奶為人恐怕十分和藹善良，不過沒有年輕到一定程度還是難以勝任吧。艾達飛基恭恭敬敬地送她回去了。

「老奶奶……余的老奶奶……」

「那個老太婆才不是妳的啦。」

「管人家叫老太婆也不對！尤金先生，你從剛才就格外毒舌耶！」

「因為尤金負責壓迫面試啊。」

「對。咱只顧把面試者惹哭而已。」

「連創業綜藝節目請到的大老闆都比你和善多了！」

「妳這梗滿讓人懷念的呢。」

異世界貓王的搖滾面試風格讓沙優娜為之戰慄。

這時候，敲門聲又在房裡響起。魔王軍成員候補還剩一半，沒有空閒可以悠哉。沙優娜再次過目艾達飛基遞來的履歷表。

「請進。」

「失禮了。」

「進來將姓名報一報吧。」

「口氣別這麼敷衍啦！阿基，你當這裡是萎靡的中小企業嗎！」

「我的催生父母是——有象利路。」

「還要加上甘口醬油老師。」

「來了個沒見過卻好像認識的人！」

「他似乎是在２０１８年４月發行的小說《我們的青春無法奪得霸權（暫譯）》當中出場過的『阿仁田伊之』社長。還真是千里迢迢來作客呢。」

「在前作中地位重要過頭了啦！連作品的界線都超越了嘛！」

「請問這部小說是不是有規定每次發行都必須提及有象的前作還有甘口醬油老師的大名才能向高層交代呢！」※並沒有。

「對他的態度可不能太失禮喔。參加過第二十四屆電擊大賞的有象於最終選拔之際漂亮落選所獲得的點評，正是在稱讚阿仁田社長的人物塑造——換句話說，如果沒有他就不會有我們存在（出道），說起來形同救世主！」

「這已經不是自虐，而是精神性切腹了啦。」

「所以呢，阿仁田某某。你有意為余效勞嗎？」

「這位魔王照樣繼續談面試耶……」

「怎麼可能。我還有想看的動畫，先走了。」

說著，阿仁田就調轉步調從房裡離去了。

他恐怕是回社辦了吧。回到昇陽高中的社辦——……

「順帶一提，他並不是報名者，請別誤會了。」

「那老師為什麼要請他過來！」

「類似行銷宣傳喔。」

「別穿插多餘的橋段啦，阿基！這跟影片當中夾帶廣告一樣氣人！」

「由於時間（頁數）緊迫，請下一位進來吧！」

「老師應付的方式開始變得跟大排長龍的診所一樣了……」

艾達飛基將事情淡然帶過，再把履歷表交給沙優娜。隨後下一位報名者就進來了。

「失禮了！今天請各位多多指教！」

「噢噢，真有朝氣。我們也要請你多多指教。」

「在下催生父母的真實姓氏縮寫為M！」

「原來也有讀者投稿不用筆名的啊……」

「不過跟前幾位比較起來，倒是讓人覺得有好感耶。」

「余覺得他有服從性！」

「在下名叫寶仙陶！」

期待艾達飛基會出第二集！

請讓我構思的角色

在第二集登場。

天才外科醫生

名字：竇仙陶

外表：眼睛以下都用高領

上衣的領子拉起來遮著。

為了讓自己發明的「棒棒保護套」

在世上廣為流傳而求助於艾達

飛基。

棒棒保護套

橡膠製

「不，咱認為這傢伙有夠危險的！」

「請問這上面寫的棒棒保護套是做什麼的！」

「好的，容在下為妳解答！這是跟女人做活塞運動之際，為求保險起見可以套在雞雞上的道具！」

「不要繞一大圈還是把內容說得這麼直白啦！」

「唔嗯……是能刺激創作意願的名字呢。」

雖然懂禮貌，卻讓人覺得效用到底有限的報名者。

「總之先來問幾個問題吧。沙優娜，請妳向他發問。」

「這麼突然……呃，那麼請問你有沒有什麼目標呢？」

「在下的目標是割除多餘的包袱進而出人頭地！」

「叫他閉嘴！」

「忠實於原梗，行。」

「就算外表看得出來是在影射某上野診所，也不必勉強表態啊……」

「余不懂他說的是什麼意思……」

「赫夜小姐不必了解那種事情喔。那麼麻煩妳也向他發問。」

「嗯、嗯……那、那個……呃……啊～…………對了！請問你的興趣是？」

「這是在相親嗎？」

「在下的興趣是自慰！」

「你連相親都不會嗎！」

「老師，這場面試從剛才就只會讓讀者投稿的角色講一些不該講的話！」

「既然肯投稿角色到本作，自然得擔當這一類的戲分。」

這根本當不了免死金牌，但現場並不希望加深賈仙陶的罪過，他的面試便匆匆收尾了。

艾達飛基的見解是：「既然他自稱天才外科醫生，飯碗在手應該不差這一份工作吧。」沙優娜無法理解不差這份工作是什麼意思。

「老師，目前看來都沒有像樣的人才耶……」

「畢竟包含這次無法介紹的人士，報名者居然有八成都是普通的人類角色。」

「咱說啊，這是魔王軍在募集戰力吧？為什麼完全沒有魔族或魔物來啊！」

「根本已經變成一般中小型企業在徵才了嘛！」

「呵。果然魔王就是威嚴的化身。會有滿坑滿谷的人類想要效忠余也是當然的。」

「妳只是想跟老太婆撒嬌吧。」

來魔王軍報名的各界人士，總算輪到最後一位面試者了。反正對方很快就會進來吧——沙優娜如此心想，等了一會兒卻連敲門聲都沒聽見。

沙優娜只好向艾達飛基確認。

「……對方是不是放我們鴿子了啊？」

「這種事在求職活動很常見呢。面試前跑去柏青哥店打發時間，結果手氣旺到爆，一直連莊而被迫爽約。」

「咱得說，賭性不移的人渣才會常常碰到那種狀況吧！」

「老師，那反而是不應該的耶……」

「會不會迷路了？不然余去接對方好了！」

「處事方式跟為人善良卻待遇寒酸的中小型企業老闆一樣……！」

「咱要是真的迷路還讓老闆來接送，就算取得內定也會慚愧到放棄啦。」

「唉，雖然你們幾個多方揣測，其實報名者已經抵達這裡了。下一個角色屬於如假包換的非人種族，因此大可放心。」

「哦？是這樣喔？」

那為什麼要演這齣鬧劇……沙優娜差點脫口這麼問，卻還是把話吞了回去。

艾達飛基再次把履歷表遞給沙優娜。上面寫著——

名字：魔王城

年齡：竣工滿五年

身高：18m

特長：剛出生的小城。熱愛在外頭玩耍，一天不帶出去散步一次就會心情欠佳。

飼料是市面上可以買到的狗食，但由於飯量龐大，餐費較高。內部裝潢會隨他（她？）的心情改換。

「魔王城？城本身跑來報名了嗎！」

「阿基，這要叫資材而不是人才吧！」

「對。在此重讀一開頭的敘述，會發現魔王城旁邊有一座較小的城吧？那就是這座城。土地所有權者的筆名為蛙蛙。」

「咱之前還納悶怎麼會有兩座城，原來是這麼回事嗎！」

「確實是非人種族沒錯！可是建築物一般不會歸類為非人的登場角色吧！」

「這麼說來，余今天早上起床就看見自己的居城旁邊多了座城堡，嚇了一跳呢。」

「妳自己也應該多留意啦！比如日照權之類的！」

「尤金先生，可是我覺得有魔王跟人計較日照權的話很不光彩耶……」

「什麼叫日照權？」

談了也是白談。由於魔王是暗黑屬性（笑），或許不太重視日照權。

報名者其實從一開始就待在附近——單純因為尺寸才無法進房間。

「咱說這說明文根本是小狗吧！還寫到餵狗食！」

「竣工滿五年卻聲稱剛出生，是不是自相矛盾啊……？」

「妳這樣不行喔，沙優娜。居然挑剔報名者寫的履歷表。」

「不過，原來還有城堡來報名參加魔王軍啊……可是余的居城是繼承自父親大人的這座城堡……」

這座淵源正統的古城便是魔王城。外觀沒落，內飾殘破，像樣的家具家當也因為宵小猖獗而沒剩下幾件，但它對赫夜來說仍是唯一的依靠。即使有新的城堡突然來報名參加魔王軍，她應該也無法立刻點頭。

「赫夜小姐，在出版業蕭條的現今社會裡，能輕鬆將新建的城堡納入手中，妳不覺得是一大優勢嗎？坐擁的城堡皆可算作自身財產，我個人認為將眼光放遠來看必然對妳有益處。何況這又不代表妳得放棄現在的城堡。」

「老師是不是已經當成不動產生意在談了！還有出版業蕭條跟這無關啦！」

「咱倒想問，竣工滿五年稱得上新屋嗎……？」

「未經入住的話勉強還算吧。我持有F宅建的執照，因此請你們相信我。」

「那是什麼古怪執照！」

F宅建即為「奇幻世界宅地建築交易士」的簡稱。

取得這張執照將有利於在異世界的不動產業界求職喔！

赫夜被艾達飛基從各方面慫恿，思考到最後似乎下定了決心。

「——好！那就相信艾達，這座新魔王城余買了！」

「感謝妳促成這筆交易。」

「別擅自買賣報名者啦！」

「真的讓人搞不懂這是在談什麼了……」

如此這般，第一屆魔王軍募集活動向全國招兵買馬之後——

「那麼，我們馬上去看看新居的內部裝潢吧。」

「嗯！感覺新城不用打掃也一樣整潔！」

「妳平時就要乖乖打掃啦。」

「……老師、尤金先生。原本說要替她招攬部下的事情呢……」

——最後帶來魔王赫夜名下新增一筆不動產的結果。

她要再興魔王軍，還得花費多少歲月呢？

關於這點就無人能知了——

《第十三話　終》

〒102-8177
東京都　千代田區富士見　2-13-3
電擊文庫編輯部
「第二屆魔王軍徵才受理人員」

「不過，本作品決定要繼續替赫夜小姐募集部下了。」
「還要再繼續嗎！勉強延命的這一集會迎來真正的完結吧！」
「現今的輕小說界就是讓人料想不到會發生什麼狀況啊。」
「……欸。咱從這篇章節的開頭就一直感到介意，能不能打斷你倆一下？」
「咦，尤金先生？有什麼問題嗎？」
「早說過了，就算你那樣盯著它看，電擊文庫編輯部也不會給我們任何回饋喔。」
「咱對那些傢伙沒有任何期待啦！呃，關於這隻生物——」
「？」

「——**數字**是不是跟上次不一樣啊？」

「……啊，尤金先生該不會是指貼紙的部分吧？是我之前幫它重新貼的！」

「咱也不想說得太具體，反正就是郵遞區號和地址啦！原來那是貼紙嗎！」

「那隻召喚物也到了年紀，所以會對打扮有興趣。絕非因為暴富企業ＫＡＤＯＫＡＷＡ遷址後無法沿用之前的住址才導致數字緊急修正。」

「而且也不是截稿後才在半夜聯絡要修正的呢！」

「更無關於他們的企業規模繼續增長下去究竟會如何把持娛樂業界喔。」

「咱懂了！咱都懂了！咱已經知道你們心裡很火，所以別再說了！」

〒102-8177
東京都 千代田區富士見 2-13-3
電撃文庫編輯部
「那傢伙的野心人員」

「叫你們別再扯了吧！那傢伙是指誰啦！」
「所以煩請各位讀者多加留意，別將明信片寄錯地方★」

第十四話◎新客戶與徒弟

……………

「——小生想拋棄童貞。」

耀瑟勒快瑟勒一邊扶著鏡架，一邊正色斷言。

被找來這香菇頭房間的艾達飛基、沙優娜與尤金看了看彼此的臉，然後由艾達飛基代表三個人走向前。

他手裡捧著耀瑟勒快瑟勒房間內擺的垃圾桶。

「請用。」

「用什麼！」

「意思就是要丟儘管丟啦。」

「別把小生的童貞當成垃圾！那比你們想得尊貴得多！」

「尊貴卻又想扔掉，太莫名其妙了吧？阿耀，你對待用爛的黃色書刊也這樣嗎？」

「老師，請問這個人的垃圾桶為什麼會這麼臭……？」

「因為他把類似發酵食品的某種分泌物大量丟棄在裡頭啊。」

「好嗯……」

「吵死了，娘們！男人房間的垃圾桶裡面，擦了精液的衛生紙應該占了十成吧！」

「難道你從鼻子流出來的也是精液？」

「各位讀者每次都會用掉幾張衛生紙呢？請告訴我們。」

「拜託老師不要突然朝讀者講話！」

「當這是昭和年代的動畫嗎？」

四個人到齊後還是一樣吵。耀瑟勒快瑟勒咳了一聲，將現場重新整頓。他會特地把兩名童年玩伴（本來並沒有要找沙優娜）叫到這裡，當然有其理由。沒錯，這指的是他為何想拋棄童貞的部分。

「小生聽說拋棄掉童貞就會受異性歡迎，所以我覺得自己生而為人差不多該追求更高一層的境界了。」

「意思是從雜草進化成蚜蟲？」

「兩者都位在食物鏈的底層吧！扁你喔，庸才！」

「阿耀，雜草和蚜蟲的性經驗應該都比你豐富，所以你的地位更低喔。」

「為什麼每次跟這個人有關的故事都會排在末尾又格外沒營養呢……」

一言以蔽之，耀瑟勒快瑟勒就是個繭居不出的尼特族處男。在卡克儍姆村刊載的短篇裡

還替他添了跟蹤狂屬性，但這次的篇章以時間順序來說發生在那件事之前，好奇的人請移駕至卡克優姆村試閱喔★

「話說咱們幾個拿你的童貞也沒轍就是了。」

「的確，在場只有沙優娜能替你解決。」

「假如老師要叫我設法解決，我可是會先咬舌自盡。」

「丫頭，妳有必要說成這樣嗎……唉，隨妳吧。」

「庸才們，先冷靜下來。小生並沒有任何一句話提及要立刻找到女伴，然後拋棄童貞。不、不對，小生將來要自然而然地找到女伴，姑且也可以說不無可能……」

「怎樣啦，講話有夠不得要領。給咱直接進結論。」

耀瑟勒快瑟勒似乎扭扭捏捏地說不出自己到底想不想脫處。只有美少女才准演這種扭捏的角色，陰沉男搞這套只會讓人覺得噁心。尤金不耐煩地催他說清楚以後，耀瑟勒快瑟勒就嘟噥一句：

「所、所以說……看你們要不要跟小生……一起去風月場所？」

「唔嗯……你說的風月，是以清風明月泛指眼前恬適景致的那個風月嗎？」

「該不會是國風雅樂被他講成『風樂』了吧？」

「你們兩個明明都懂意思，不要跟小生打哈哈！風月場所是做什麼的地方，就連這娘們都知道！」

「請不要把話題轉到我身上。先不提知道不知道，我對那又沒有興趣。」

「上一集才拍色情片，這次又說要去風月場所。你把自己當什麼了？是什麼身分啊？」

「我是耀瑟勒快瑟勒．沼變啊！」

「感覺又會變成不該在電擊文庫上演的故事呢。」

「老師，應該說拿這種題材寫輕小說就已經錯了啦……」

這一回的劇情，大致上就是要讓耀瑟勒快瑟勒到色色的店家脫處。

風月場所是什麼呢？各位讀者若有疑問，可以試著向令尊仔細請教。

「要去你自己去。」

尤金斷然撇清。他說的固然有理——可是……

「小生要是有膽量自己去，就不會找你們來了吧？動動腦袋嘛，暴徒。」

「你活膩了是嗎……？」

尤金的額前頓時青筋暴跳，耀瑟勒快瑟勒連忙做辯解：

「聽、聽聽、聽我說嘛，萊恩多！無論是你還是齊萊夫，總不可能對那種店毫無興趣吧！要說到有沒有興趣，你們倆應該都有吧！既然這樣，小生跟你們去那裡把酒言歡以後，大可三個人一起提槍上陣，暢快淋漓地樂一樂！」

「別講得好像床上就只有咱們哥仨在蕉流！」

「簡直跟顯擺逞能的大學生同等級。」

「老師你滿直接就否定了他的餿主意耶……」

沒想到艾達飛基並無意願，讓沙優娜打從內心感到訝異。先不提大概有戀童癖的尤金，艾達飛基對那種聲色場所的好奇心應該非同小可。然而從剛才表現出的意願落差看來，完全可以將耀瑟勒快瑟勒跟其餘人等分成兩派。

「唉～阿耀。抱歉啦，咱不太喜歡去那種店。」

「我跟尤金一樣。畢竟最上乘的情色，終究要與金錢契約脫鉤才能孕育而生。」

「哦，你們兩個是怎麼回事？因為都沒有脫處，所以會害羞嗎？不要緊，小生也一樣是處男♪」

「誰不曉得你是！咱倆會婉拒，意思就是不愁沒有女人陪啦！」

「很遺憾，在場未脫處的只有你跟沙優娜。」

「請老師不要把我扯進去！那又不是女生該用的詞！」

「…………」

艾達飛基和尤金在外表上都屬於好青年。他們倆從學生時期就相當受異性青睞，因此以往交往過的女性並不少。耀瑟勒快瑟勒固然也知道那一點，但是被兩名好朋友當面宣布早已脫處，內心仍受到了打擊。

「──那我們要去哪間店？」

因此耀瑟勒快瑟勒決定忽略一切，單憑自己的慾望推動劇情。

「你打算積極衝到底嗎！咱都說不去了吧！」

「之前也是這樣，基本上這個人的意志都堅定在一些無謂的地方耶……」

「矛盾卻在於他沒有膽量自己去，耀瑟勒快瑟勒正是如此。」

「你們講話別這麼無情嘛！小生也想尋歡作樂啊！我就是想要對女人的肉體痛痛快快地要色啊！小生把你們兩個當成最後的救命稻草了！」

「你聽好，救命稻草救命不救屌。」

咱們幫不上忙──尤金這麼告訴他，耀瑟勒快瑟勒卻充耳不聞。

儘管沙優娜已經想回去了，她仍然語帶嘆息地朝任性的香菇頭問：

「說實在的……像那樣隨隨便便就拋棄童貞好嗎？我覺得，要做那檔事的話，還是應該跟……呃，還是要奉獻給自己喜歡的人才對。」

「小生的童貞可隨地丟棄。」

「自己撿起來帶回家！阿耀，你最好一路把那帶進墳場裡去！」

「開頭你還提到過什麼尊貴不尊貴的耶！我看你就丟進垃圾桶算了！」

「他恐怕認為在那種店實驗性脫處，還有跟喜歡的對象脫處，兩者是可以分開算的吧。這套理論就像……聲稱要把嘴唇留給老公所以不能親的人妻。」

「說那種話的人除了接吻以外，八成什麼都做了吧！」

「阿基，你來這個家的時候特別容易把心思放在人妻上面耶……」

「但是小生的心境正如齊萊夫所說。」

總之先脫處就好，耀瑟勒快瑟勒的心態似乎是這樣。倘若男性過了某個年齡還是處男，每隔一定週期便會盡想著這些。大多是過了二十五歲以後就容易發症。

坦白講，耀瑟勒快瑟勒的童貞就像鄰居家兒子報考哪間學校一樣無所謂，可是他肯主動做些什麼仍有可取之處。尤金和艾達飛基說來說去還是希望幫助這個繭居族回歸社會，感覺就此錯過機會也不好。

「咱們是不想去那種店啦……可是，阿耀又不可能馬上就把到女人。」

「既然如此——尤金，我們能做的事情只有一件呢。」

「噢噢，你們終於肯陪小生挑店家——」

「來**練習**吧。為了讓你有能力獨自去那種店。」

「……啥？」

（我只有不好的預感而已……）

沙優娜的擔憂究竟會不會成真呢？

艾達飛基抓準時機扔出「無效券」──

＊

「嗯～……啊！這、這裡是？」

半天過後──耀瑟勒快瑟勒在自宅前面醒來。「我們要做點準備，麻煩你安息吧。」之前聽尤金說完這句分不清是玩笑還是當真的話以後，他就被勒昏了。

太陽已經完全西沉，周圍變得陰暗。耀瑟勒快瑟勒家經營的是布坊，照理說晚上並沒有營業──

「咦……這是什麼招牌……」

──不知怎麼地，布坊的房簷前掛著五光十色的閃亮霓虹燈招牌，招牌上頭只寫了「歡迎光臨」。

「小哥、小哥～你有沒有空啊～？」

「臭、臭老太婆！妳到底在這裡搞啥……」

攬客的美魔女突然出現。其身分明顯是耀瑟勒快瑟勒的母親，不過她鼓起腮幫子否認！

「人家才不是老太婆。」但是攬客的她隨即用手臂挽住耀瑟勒快瑟勒的胳臂，直接使勁把人往店裡拖。

「臭老太婆！強拉客人是違法的！」

「店長～♥有一名客人需要領位～♥」

「好——歡迎光臨——————！」

用大嗓門招呼耀瑟勒快瑟勒入店的人，則是身穿「醋鬱」的艾達飛基。一走進店內就有接待的服務臺，往裡面的通道掛著布簾，結構上難窺其奧。

「齊、齊萊夫！這到底是怎麼一回事……」

「店長～我要去休息嘍～♥」

「辛苦了！」

「為什麼聲音要那麼大！史實（意味不明）也是這樣的嗎！」

明明是自己家，內部裝潢卻完全變了樣。耀瑟勒快瑟勒對此驚呆不已，背後卻突然被人戳了戳。他「唔噫」地發出丟人現眼的尖叫聲。

「這位客人，你來閒逛的嗎？」

對方的身分是——同樣穿著「醋鬱」，還戴了墨鏡的尤金。

完全不像白道人士。耀瑟勒快瑟勒再不情願也察覺到這家店的背景。

「與、與其說是閒逛，呃，那個……」

「客人，你頭一次光顧本店嗎？」

「啊，是的。」

「一名新客戶到店——！」

「好～！」

「店家實際上真的會像居酒屋一樣給人這麼大的壓力嗎……！」※責編註：因店而異。

艾達飛基忽然拉高音量，尤金宛如呼應一般也用吼的。哥倆似乎完全投入於演技之中，只把耀瑟勒快瑟勒當成一名尋芳客看待。

「本店帳目透明，採用的是事先收費制！請問你有用電話或其他方式預約嗎？」

「與其說沒有，以世界觀而言感覺是預約不了……！」

「感謝！再請問你有沒有帶優惠券？」

「你們有發嗎？」

「沒有。」

「那問這個要幹嘛！」

服務臺的接待小哥笑口常開，反觀墨鏡大哥就相當凶悍。或許是為了避免被客人看扁。

「請問你有指定的小姐或玩法嗎？」

「那些小生都不太懂，就照主廚推薦……」

「沒那種項目啦！」

耀瑟勒快瑟勒又被墨鏡佬戳了背後。即使如此，接待小哥依舊不改笑容。某方面而言，服務臺這邊更恐怖。

「按照目前時段，可以指名的是這些小姐！」

服務臺擺著一大本指名用的面板。接待小哥將那翻了開來。

「這位是本店人氣第一名的『優娜沙』！服務精神出色，還能夠因應客人的所有需求，是個難得的好女孩喔！」

面板上有個**故作氣質**地坐著入鏡，還用單手遮住自己眼睛，頭髮呈琉璃色的少女。她的嘴邊帶有淺淺微笑，表情相當誘人。

耀瑟勒快瑟勒卻露骨地嘆氣，然後搖了搖頭。

「其他呢？」

「接著請看這位，本店回沖率第一名的『沙娜優』！服務精神出色，還能夠因應客人的所有需求，是個難得的好女孩喔！」

下一塊面板的照片上，則是眼睛用黑線擋起來，坐姿呈內八字的琉璃色秀髮少女。嘴邊還挑釁似的吐出舌頭。

然而耀瑟勒快瑟勒只是默默地搖頭。

「……其他呢……」

「那就請看這位，剛加入本店的幼齒新人『娜優沙』！服務精神出色，還能夠因應客人的所有需求，是個難得的好女孩喔！」

面板又翻過一頁，照片上有個臉部經過馬賽克處理，頭髮呈琉璃色的少女。往前蹲的她將雙臂交錯，從中能窺見豐滿乳溝的陰影。雖然臉上有馬賽克看不清楚，不過她這時八成是一副自信的表情吧。看了有這種印象。

「喂，慢著，這些全是同一個人吧！還有最後那塊面板的照片肯定修過圖啦！基本上你的介紹詞就只有那一套嗎！」

「這位客人～你要在雞蛋裡挑骨頭可就困擾了耶～明明就萬紫千紅任君挑選啊！」

「還萬紫千紅，萬子都讓你湊成清一色了！」※萬紫千紅並非麻將術語。

「嗄？你對咱們店裡的小姐有意見嗎？活膩了想●（嗶）是吧？」

「啊噫噫噫噫噫噫！精準到只將一個字消音反而恐怖！」

「那麼客人你喜歡哪種類型的小姐？請教過以後，店裡可以再為你重新安排喔？」

耀瑟勒快瑟勒的刁難或許奏效了，接待小哥似乎願意讓步。墨鏡佬「嘖」地咂舌一聲。

雖然不知道這些傢伙能回應多少要求，耀瑟勒快瑟勒仍重新思索。他在想，自己喜歡的女性究竟是什麼類型？

「……呃，小生喜歡的是，粉紅色頭髮的女孩吧。」

「「辛蒂．羅波？」」

「小生不是來這裡找奇跡歌喉的啦！」

「不好意思，要提到粉紅色頭髮的女孩，靠我們貧乏的思維能力就只能想到辛蒂．羅波而已……」

「那樣的思維能力反而太富足了吧！要舉例子的話，往年有露易絲，近年受歡迎的角色也有夢見璃亞夢啊！」

「這種時候最好從電擊文庫的女主角來舉例。」

「抱歉，本店也沒有辛蒂喔。」

「有的話就嚇人了！不過大概是因為小生崇拜她，有的話會忍不住想指名！」

「「的確……」」

「別認同啦！夠了，換下一個條件吧！小生喜歡的是學生妹！」

由於場景逐漸變得像在演搞笑劇，耀瑟勒快瑟勒因而提出後續的要求。

學生！多麼吸引人的字音。不要緊，登場人物都是●學生，都年滿十八歲……

「本店有好幾名●學生駐店。啊，麻煩在●之中代入大、中、小的選項。」

「小生選擇『苦』。」

「癖好不僅偏門還很扭曲！」

「感覺對苦學生有特殊癖好的客層確實會喜歡逛這種店——」

原本以為客人會代入「中」的接待小哥與墨鏡佬都吃了一驚。胡亂深究他人的性癖好，難保不會招來自討苦吃的事態。

「啊。還有小生也意外喜歡黑眼珠與白眼珠顏色對調的角色。」

「『飛腿郎？』」

「小生回答YES的話，你們就會接受指名嗎！說啊！」

「實在萬分抱歉，本店只有快拳郎駐店……」

「這到底是哪門子的店啊！寶可夢培育屋嗎！」

接待小哥聽完耀瑟勒快瑟勒的以上要求，正在確認疑似名冊的本子。他露出短暫苦思的舉動以後，就再次翻開櫃檯的指名面板。

「——符合所有條件的小姐，就是本店人氣第一的『優娜沙』吧。」

「你們這家店的搜尋功能故障了嗎！一個條件都沒有對上啦！」

「息怒、息怒，請客人不要這麼說。提到優娜沙呢，可是以『一輩子尋花問柳的開銷足以建新居』這句名言而為人熟知的傳奇花街特派員土屋都大力推薦的紅牌小姐喔。」

「連曾經以『沒有我抱不了的小姐』這句名言風靡一世的奇才——八大行業雜誌編輯阿南，也對優娜沙掛了保證喔。你大可放心。」

「小生不太清楚狀況，但是有象的編輯都惹出問題轉行了嗎！」

「或許是喔。」

「誰教他們都想報公帳喝花酒。」※個人猜測。

儘管過去的職經歷成謎，不過傳奇加奇才都認同優娜沙似乎是真有其事。「不然小生就挑這個女的吧。」這麼說的耀瑟勒快瑟勒主動妥協了。

「謝謝惠顧！那麼，本店目前正在舉辦促銷活動，新客戶可以免付入會費與指名費。此外還有特別優惠，六十分鐘內不收取任何費用！只有額外的服務會向你另行收費，其餘一律零開銷！」

「噢、噢噢……聽起來非常可疑，卻有撿到便宜的感覺。」

「要不要指定額外服務？」

「有ＡＦ（anal fuck）可以選嗎？」

「一開口就要求難度這麼高的！雖然咱不知道那是什麼簡稱！」

「不好意思，優娜沙沒有做那一項額外服務。」

「嘖……你不是說她服務精神出色，還能夠因應客人的所有需求嗎？」

「這傢伙……！居然把介紹詞背起來了……！」

「本店會將優惠時間加長到七十五分鐘作為補償，還請包涵。」

由於沒辦法，耀瑟勒快瑟勒只好不甘不願地接受了。原本還擔心描述櫃檯這邊究竟要用掉多少頁數，但這樣總算是將入店的手續辦完了。

從櫃檯後面的布簾進去就是等候室，看來沒有其他客人。店裡播放的背景音樂有格調，環境偏暗。耀瑟勒快瑟勒自然而然挺直背脊，接待小哥卻匆匆湊到他身邊。

「這位客人～能不能讓我為你檢查儀容？」

「小生是不在意啦……咦？實際上真的會這樣檢查客人嗎……？」

「啊～你的指甲留得有點長喔。指甲長容易把小姐弄痛嘛。墨鏡佬！拿那個過來！」

接待小哥一交代，墨鏡佬就從裡頭走出來。他似乎幫忙拿了整套修剪指甲的道具過來。耀瑟勒快瑟勒陷入莫名害臊與愧疚的情緒中。

接著，墨鏡佬在眼前那張桌子上擺了砧板、布與一把菜刀。

「**剁乾淨**。」

「連手指頭都不能留嗎！」

「這是本店引以為傲的自清門風工具組，光使用就令人雀躍。」

「清的不是指甲而是門風？夠了！小生願意下跪賠罪，請讓我剪指甲！」

「連面子都不顧啦……」

墨鏡佬看到耀瑟勒快瑟勒身手流暢地下跪，不屑地唸了一句。這只是他開的小玩笑，然而來這種有背景的店似乎不是鬧著玩的。

——當耀瑟勒快瑟勒剪完指甲以後，墨鏡佬突然一把揪住他的衣領。

隨後墨鏡佬就在零距離之內狠狠瞪了耀瑟勒快瑟勒。

「咦！等等，噫噫噫噫噫噫噫！出了什麼狀況嗎！」

「你這傢伙剛才在呼吸對吧！」

「可以對一切有機物找碴的萬用咒語！」

「客人，這是本店引以為傲的口臭檢查制度。保持個人衛生屬於禮節規範。」

接待小哥悄悄遞來裝著薄荷精華漱口水的紙杯。

「你們要檢討一下做法啦！以體恤消費者的形式！」

「唔嗯……那麼墨鏡佬，麻煩你換一套待客模式。」

「操，你的嘴有夠臭的。活膩了想●（嗶）是吧？」

「別朝著態度更凶的方向去改進啦！小生可以付加倍的費用，指導時拜託和善點！」

「每天都要記得刷牙啦！」

就這樣，耀瑟勒快瑟勒勉強也克服了口臭這一關。

十幾分鐘後，在接待小哥的引導下，耀瑟勒快瑟勒被領到包廂前面。

此外，所謂的包廂就是耀瑟勒快瑟勒家的浴室。

「小姐正在這裡面等你。」

「啊，好的。」

「那就請客人慢慢享受～！」

「別、別心血來潮又用喊的啦！你是雲霄飛車的服務員嗎！」

經過東拉西扯，耀瑟勒快瑟勒終於提槍上陣——

＊

「晚安～感謝你今天指名我。我叫優娜沙～」

淡粉紅色燈光營造出令人臉紅心跳的氣息，照亮了房間裡頭。長相酷似沙優娜的女子優娜沙（年滿十八歲）原本坐在簡易式床鋪上，一見到耀瑟勒快瑟勒便起身向他問候；耀瑟勒快瑟勒則支支吾吾地應聲。

「啊，妳、妳好。」

「有行囊旅袋需要寄放嗎？」

「啊，小生就是。」

「我不是指家裡養的酒囊飯袋喔～♥」

一流小姐連吐槽都收放自如。沙優娜隨口應付耀瑟色快瑟勒自我消遣的搞笑詞，彷彿就是要露一手吐槽的本領。依舊笑咪咪的她帶著男賓客坐到簡易式床鋪上頭。

在簡易式床鋪後頭，理所當然地備有浴池。耀瑟勒快瑟勒不免感到疑問：自己家的浴室有這麼寬敞嗎？不過更吸引他注意力的是地上鋪著一塊奇怪的充氣軟墊。

「小哥，怎麼了嗎？」

「有、有有軟、軟墊……」

「地上鋪著軟墊呢～不知道是用來做什麼的呢～♥」

優娜沙一邊定鬧鐘計時，一邊露出曖昧的笑容敷衍對方。

（這、這女的是她吧？是小生認識的那個娘們吧？像那種乳臭未乾的娘們，明明就不合小生的喜好……！可、可是為什麼，她今天看起來會這麼誘人……！）

優娜沙只穿著薄紗睡衣，重要部位若隱若現。搭配吊胃口的燈光效果，在處男眼裡反而顯得性感。雖然這純屬氣氛造成的心理作用，不過在這種場合見到的女性煽情度都會比平時高五成……

『唔嗯……看來耀瑟勒快瑟勒完全陷入緊張了。』

『咱說啊，那丫頭還真會演耶……她現在不是丫頭，而是小姐了。』

耀瑟勒快瑟勒的發明就裝設在這個包廂裡。藉由此物，艾達飛基和尤金正從別的房間監控兩個人在包廂的狀況——這是為了以防萬一。

負責指導小姐（直白）演技的艾達飛基將原因靜靜地道來：

『起初沙優娜也很排斥飾演這個角色，不過我說會提高零用錢以後，她就接受了。後來連我都對她萌芽的意外天分吃了一驚……！』

『她是怎麼算CP值的啊……？』

『身為一名有天分當小姐的女主角，她應該可以名留電擊文庫女主角史。』

『那即使留了名也跟警方留存的輔導紀錄差不多。』

『不過照這次的零用錢金額，她應該不給摸，但是願意多付錢就可以上軟墊。』

『都不挑差事的耶！難道阿耀開得出價碼就有機會嗎！』

哥倆決定靜靜觀望本作女主角逐漸將拋開形象視為理所當然的賣力演技。目前雙方仍在互相試探——這是敲鐘肉搏前的閒聊時刻。

「小哥，你第一次來這種店嗎？」

「沒、沒沒沒有，小生是第二次……」

「啊，這樣啊～那第一次是來我們店裡嗎？」

「那個，呃，是別間店……主、主管帶小生去的……」

「有人請客招待啊～好好喔～」

『這兩個人在搞什麼……？玩心理戰嗎……？』

『沙優娜也就罷了，耀瑟勒快瑟勒的神祕虛榮心究竟是……？』

尤金將這種互動稱作心理戰未必是錯的。優娜沙與耀瑟勒快瑟勒雙方都坐在床上，彼此之間卻有微妙的隔閡。除非能將這一段極為接近卻又無比遙遠的距離感填補起來，否則激烈肉搏就不會出現。

「請問你從事什麼工作呢？」

「跑……跑業務。」

「業務？哪方面的？」

「…………」

「…………」

『阿耀說的謊也太禁不起考驗了吧！』

『沙優娜似乎也察覺到再深究會有危險呢。』

「呃～你有沒有什麼興趣呢？」

「不、不值得一提……」

「這、這樣啊。我看你披著白袍，還想說會不會是發明家呢。」

「不是的……」

「啊，這樣啊……」

『他完全迷失自我了……！』

『連臺階都鋪好了，那顆香菇頭不會照實回答嗎！』

現狀，耀瑟勒快瑟勒連自己在講什麼都不明白。然而替客人紓解緊張的情緒也是一流小姐的責任，於是優娜沙就繼續跟他閒聊。

五十分鐘後——

「然後啊～因為老師那時候還沒有穿衣服，我打算惡作劇一下，就在老師的長袍裡塗了超辣醬汁……」

（奇怪……？好像不對勁……時間已經過了很久吧……？這該不會是……）

「後來我聽見老師發出慘叫，就一邊偷笑一邊跑去他那邊～」

「慢、慢慢、慢著，停一下！暫停！妳先暫停！」

「咦，為什麼？我正說到有趣的地方耶。」

話題被打斷，優娜沙顯得心有不滿。然而耀瑟勒快瑟勒顧不得那些，他總算發現自己目前碰到了什麼狀況。

『阿基，這……』

『沒錯。菜鳥就容易犯這種既初步又要命的失誤，其名為「一輩子開不到球」！』在此說明！所謂「一輩子開不到球」，就是指不敢衝的未脫處男客碰到瞧不起人的小姐，而被迫一直聽小姐談無聊私事的失誤！男客將喪失金錢與時間並獲得後悔！敬告各位讀者，跟小姐聊天是可以一邊洗澡一邊聊的！（啟蒙運動）

『情況宛如球賽已經開始，選手卻完全摸不到球……！坦白講，假如首次去消費就遇上這種狀況，包準就再也不會想當尋芳客了！』

『可是在鐘點時間內發生的事情沒人曉得，何況要跟小姐搏感情是男客的自由，所以這也沒有辦法。』

『就是啊。畢竟是中招的人自己有錯。』

法規真有意思！哥倆刻意這麼喊了出來。不曉得他們在談哪個世界的法律規範。另一方面，中了招的耀瑟勒快瑟勒則是怒上心頭。

「妳居然搞我！明明小生才是來搞的！」

「低級的雙關詞……！啊，沒有，我不懂你說的意思耶～♥」

「醜女……！」

「假如我是醜女，世上的女性會有十成都算醜八怪喔～？」

「閉嘴！小生的老二都比妳可愛！要不要見識看看？」

「別把短小包莖說得那麼正面！那種鴻喜菇不用拿出來獻寶啦！」

『阿耀那種可愛跟女人看到醜女時說的可愛是同一種啦……』

『耀瑟勒快瑟勒大概慢慢適應過來了，火頭燃起嘍——他的性慾之火。』

話雖如此，耀瑟勒快瑟勒到現在似乎還是採取不了行動。理由很單純，因為他完全不懂該怎麼進攻。在這種場合表白自己是外行人，結果就是由對方來主導或者變成冤大頭，兩者擇一。遺憾的是優娜沙屬於把男客當冤大頭那一型，可以說耀瑟勒快瑟勒並不走運。

（唔……！小、小生該如何是好……！）

「那我繼續聊剛才的事情喔，我跑去一看就發現老師在地上打滾～」

「這女的堅決不上工嗎……！」

『咱遇到這種情況一定會跟店裡鬧。』

『不行喔。會有圍事的大哥帶人過來。不過，耀瑟勒快瑟勒應該也很難受吧。明明知道自己想要跟對方做什麼，卻完全不懂第一動該怎麼著手。簡直像受騙買了獨缺第一集的全套完結漫畫。』

『處男連跟女人色色都不會嗎……』

不過就某方面而言，這也是哥倆早就已經預料到的狀況。

正因為耀瑟勒快瑟勒既沒有膽量也沒有能耐衝本壘，艾達飛基才會把徒弟派來當小姐。

現場並非沒機會擦槍走火，而是連槍要怎麼拿出來都成問題——耀瑟勒快瑟勒儼然是個可以讓人放一百二十個心的處男。

「喂，娘、娘們！不對，小姐！小生有一點事情要拜託妳……！」

「什麼事情？」

「請露泌尿器給小生看……！」

「噁、噁心得讓我雞皮疙瘩都停不住！請你不要再提到那個單字！」

「為什麼！難道想脫處會連講話的自由都被剝奪嗎！」

「你唯一不會被剝奪的就只有處男的身分啦！」

耀瑟勒快瑟勒不懂歸不懂，思考到最後似乎決定用直球跟小姐對決。

菜鳥當然投不出變化球，因此這應該算是在所難免。

可是因為他的用詞太過噁心，優娜沙便進一步跟處男保持了距離。

「話說我在店裡走的是純真型路線，你這麼大刺刺地開黃腔實在有點……」

『在這種場合自稱純真，矛盾感可比清純派榮武威（AV）女優一詞呢。』

「不然把妳的香滑爆漿一品鮑端出來！」

「你這滿口黃腔的香菇頭別改投子彈球啦！」

『阿耀講這種字眼不管有沒有踩到尺度底線都滿嚇人的。』

『真期待上市以後的反應。』

「你太直接了啦！雖然我不太想教你，可是做這種事情要多注重氣氛，或者從憐香惜玉開始才對啊，難道不是嗎！」

耀瑟勒快瑟勒投出子彈級的觸身球，終於讓優娜沙也逐漸對他面露慍色了。即使如此，優娜沙還是給予男方建議，可見其職業風範。

死處男咬牙切齒地定睛觀察優娜沙，不久便開口說：

「妳、妳的關節，感覺很柔軟耶？跟ｆｉｇｍａ　樣嗎？」

「毫無稱讚人科生物的經驗……！」

『這傢伙是最近才學會講話的猴子還什麼來著嗎？』

『應該也可以解讀成近代御宅族想表達「妳長得像洋娃娃一樣可愛」所用的措辭吧。』

『這麼一想，連稱讚人像洋娃娃的比喻都讓咱覺得噁斃了……』

耀瑟勒快瑟勒有意拉近彼此的距離，可是優娜沙別說張開腿，甚至連心房都不肯敞開。

耀瑟勒快瑟勒下定決心，就把頭貼到地板俯首懇求：

「請讓小生繁殖吧……」

「噁心到極點！」

『自尊心與領悟死期將近的昆蟲同等級！』

『據說只要生命瀕臨危機，人類會優先採取生殖行為嘛。』

『也就是說，這對阿耀來說是覺悟赴死的行動嗎……？』

原本耀瑟勒快瑟勒幾乎就沒有什麼可以失去的。

他做這種行為是發自內心，當小姐的優娜沙大受打動——當然不可能。優娜沙低頭望著仍下跪保持不動的耀瑟勒快瑟勒，眼神像在看待房裡冒出來的小蟲子。

「因為這是練習，無論你再怎麼求我都沒有用喔。」

「……插……」

「什麼？」

耀瑟勒快瑟勒依然低著頭，還嘀嘀咕咕地說著什麼。

「……插入……」

「咦？」

優娜沙聽見聳動的字眼，內心便有不好的預感。當她猶豫要不要從這個房間逃出去的那一刻，耀瑟勒快瑟勒抬起臉孔並狀似拚命地叫喊：

「文學性插入怎麼樣？換成文學性插入就可以吧！畢竟是具文學性的插入！」

「那又是什麼自創的新名詞！」

『我來說明吧。所謂的文學性插入，就是反過來利用電擊文庫原本禁止描述插入場面的不成文規定，進而提出「作者將本作定義為文學作品，因此插入行為也可以從文學角度獲得認可吧」的理論。』

『咱認為，堅稱這部輕佻小說（輕小說）為文學作品的有象（人渣）最好去住個院比較好喔。』

可是，鬧得不可開交的優娜沙他們聽不見哥倆的對話。耀瑟勒快瑟勒想仗著文學兩字的權威性辦事，抱住優娜沙的腿。

「文學作品都有先做愛再說的潮流啊！之後就拜託妳順勢而為了！」

「才沒有那種潮流啦，順什麼勢！我看你是跟已經作古的手機小說搞混了吧！」

「不然我們用逆向思考，插了以後就有文學味！」

「並不會！照你那套歪理，世上所有情色遊戲都有文學味了！」

耀瑟勒快瑟勒已經不惜祭出眼淚攻勢，邊哭邊抱著優娜沙的腿央求。那模樣像是未脫處就抱憾而終的亡魂。

「老、老師！救救我！」

優娜沙不禁大叫。霎時間，房門被踹開，接待小哥與墨鏡佬闖了進來。墨鏡佬立刻動手扒開耀瑟勒快瑟勒，並且將他按在地上。

另一方面，接待小哥溫柔地為害怕的小姐披了毛毯到肩膀上。

「妳沒事吧，沙優娜？」

「是、是的……老師，這個人好離譜……他在這幾頁都只講會挨罵的臺詞。」

「喂，你對咱們店裡的小姐做了什麼？想擺平這檔事，你應該有自我了斷的覺悟吧？」

「放、放手！都……都是那女的不好！她根本不給小生上啊！還只會一直扯那些無聊的話題！」

「咱說啊，這只是做個練習……哪有可能真的讓你跟這丫頭嘿咻……」

「不可以喲，耀瑟勒快瑟勒。她好歹也是電擊文庫的女主角，安排戲分可不能隨便。要是你玷汙她的清白，會影響到這部作品本就慘淡的銷量。」

「完全只把我當成商品看待的編輯（黑道）發言……！」

墨鏡佬——尤金摘掉墨鏡，放開耀瑟勒快瑟勒。耀瑟勒快瑟勒卻直接趴在地板，還流下悔悟的淚水。

「齊萊夫～！拜託你施一套能讓全世界女人無條件對小生張開雙腿的魔法～！」

「你是只顧性慾的大雄嗎？」

「誇張到這種地步已經不是噁心的問題，只讓人覺得可悲耶……」

這次處男換成抱艾達飛基的大腿央求。艾達飛基溫柔地摸了摸處男的那顆香菇頭。

「不要緊，耀瑟勒快瑟勒。我早料到會演變成這樣，已經備妥補救措施了。我找了唯一願意愛你的女性過來。」

「真、真的嗎！齊萊夫，你不愧是小生的朋友……！」

「我完全猜得到老師後續的安排耶……」

「唉……阿耀的故事裡能登場的角色有限嘛……」

雖然會發生什麼狀況再明白不過，艾達飛基仍無所忌憚地彈響手指。

於是，有人衝進這個房間——

「來了～♥我是接獲指名的小耀媽媽～♥」

「臭……臭老太婆！沒人指名妳啦，快滾！」

「啊，店長與墨鏡大哥～我休息完回來嘍～♥」

「伯母，咱們這場扮家家酒已經結束，妳可以把稱呼改回來了……」

理所當然地出現在眾人面前的，是身穿平常家居睡衣的耀瑟勒快瑟勒之母。成熟後滋味想必甜蜜蜜的肉體之美，與沙優娜真材實料（講真的身材實在沒有料）的體型完全無法比，讓艾達飛基看得不禁笑臉迎人。

「齊萊夫，你夠了！誰會在這種店指名親媽！造的孽未免太深了！」

「這位並不是你的母親，她是本店的傳奇紅牌。你也喜歡吧？普通洗浴服務是全身洗淨加口爆二連擊的媽媽。」

「別用那種聽了只覺得意有所指的措辭！」

「與其說意有所指，感覺老師好像抄了別人的標題……」

「話說，假如她不是這傢伙的媽，『小耀媽媽』又是什麼名堂？花名嗎？」

「好久沒有跟小耀一起洗澡了，媽媽好高興喔♥」

「小生死也不洗！還有臭老太婆，妳別每句話都用♥結尾！想想自己的年紀！」

「店長說我在指名面板上的年紀是二十歲嘛～」

耀瑟勒快瑟勒的媽媽鼓起腮幫子。她演得比誰都起勁。

「二十歲算加重詐欺了啦，老師……」

「不，我來店裡消費就樂於花到十萬圓請她服務，因此這並不成問題。話又說回來了，二十幾歲還裝嫩的女人會顯得很假，超過四十歲裝嫩反而讓人覺得可以接受，真不知道這是為什麼耶……？」

「阿基，單純是你個人喜好的問題吧！大部分的人都會受不了耶？」

當沙優娜和尤金忙著吐槽時，耀瑟勒快瑟勒的媽媽在一旁正黏著兒子不放。要說是母子感情和睦倒也可以，然而為人母者一身煽情的打扮，搭配地點更讓現場散發出危險的氣息。

「啊，對了！乾脆這裡所有人在之後一起洗個澡怎麼樣呢～？」

「我絕對不要……」

「咱覺得……那樣有點消受不起耶……假如全都是男人也就罷了……」

「少提莫名其妙的主意啦，臭老太婆！妳可以閃邊去了！」

「……耀瑟勒快瑟勒。」

「幹嘛，齊萊夫！你最好給小生負責！負起讓這個老太婆玩開的責任！」

「——過了今晚，或許令堂就不是處女了。」

「不用負那種責任啦！老師到底在說什麼啊！」

「別……別開玩笑！假如這個老太婆在小生脫處以前先脫處，就不配當母親了吧！」

「阿耀，你是從桃子裡生出來的嗎？」

不知道是有其母必有其子，或者有其子必有其母，狀況逐漸讓人搞不懂了。可以斷言的大概只有一件事，那就是耀瑟勒快瑟勒的媽媽並非尋常人物。

「唉……不過這樣你多少掌握到那種店的氛圍了吧？咱們雖然不會陪你，但現在你已經能夠獨自面對了吧？」

「哼、哼。可以的話，小生希望能夠得到更好的服務，不過你們付出的努力值得肯定。等小生脫處之日，就會跟你們分享在歡場的見聞。」

「我發自內心感到沒興趣。」

「不過——這樣事情就算有個圓滿的著落了。」

儘管感覺並沒有解決問題，漫長鬧劇似乎仍給了耀瑟勒快瑟勒勇氣。只要有那股勇氣，他就可以自己去花街柳巷才對。

接下來去吃個飯好了～當現場瀰漫這樣的氣氛時，耀瑟勒快瑟勒朝著笑瞇瞇的親生母親伸出一隻手。

「怎麼了嗎，小耀？」

「臭老太婆！拿零用錢出來，小生要去嫖！」

「感、感覺極盡不孝之能事的臺詞！」

「這麼說來，咱都忘了還有錢的問題……」

「雖然也要看店家的等級，但金額總歸並不小呢。沒收入的他應該難以支付。」

那是句為人父母聽了應該會泣不成聲的發言。耀瑟勒快瑟勒並無職業，衣食住全要依靠雙親。想當然耳，他幾乎沒有可隨意運用的錢，想去花街柳巷勢必得向父母討錢。

然而這位母親也相當不簡單。另外三人都在想：她照樣會答應吧？

「咦～？不行喔～？」

「嘎！小生想儘快脫處啦！別囉哩囉嗦的，快拿錢出來！」

「某方面而言，敢對父母明講自己想脫處所以要拿錢也滿厲害的耶……」

「阿耀家到底怎麼搞的？」

「我倒覺得這是個幸福的家庭呢。」

「都跟你說不行了嘛，小耀。」

耀瑟勒快瑟勒的媽媽始終不改微笑。可是，她散發的氣息出現些許變化，旁觀的三個人並沒有看漏這一點。

「行不行要由小生決定！反正錢拿來就對了！」

「小耀？你非要媽媽把話說得更清楚嗎？」

「誰管妳這臭老太婆講什麼！」

「這樣啊……那麼──」

耀瑟勒快瑟勒的媽媽臉色蒙上陰影。目睹別人家爆發家庭問題，無論在什麼情況下都會相當尷尬。耀瑟勒快瑟勒的媽媽深深吸了一口氣。

「──我以後都不理小耀了！」

耀瑟勒快瑟勒的媽媽把臉別過去。她直接趕到沙優娜旁邊，緊緊將沙優娜摟住。

「從今天起，媽媽就認沙優娜當兒子！」

「妳鬧什麼脾氣啊，臭老太婆！」

「要說的話，不是應該認我當女兒才對嗎……啊，摸起來好軟喔。」

「伯母逃避現實的方式跟阿耀很像耶……」

「我覺得很可愛啊！真羨慕沙優娜……！」

原本還以為耀瑟勒快瑟勒的媽媽會氣到形象崩壞，看來她有自己獨特的生氣方式。不過正在生氣這一點似乎屬實，她摟緊沙優娜，理都不理耀瑟勒快瑟勒。

當兒子的知道母親會這樣鬧脾氣好幾天，把矛頭轉向兩名好友。

「齊萊夫！萊恩多！借錢給小生！死之前一定還你們！」

「恕我拒絕。」

「你就乖乖去幹活掙錢啦！脫處是之後才要考慮的事！」

「小生不脫處就沒辦法工作！我想要色色啦啊啊啊啊啊啊！」

耀瑟勒快瑟勒的吶喊響遍被亂改造一通的浴室。

此外，據說從這天起有幾週的時間，耀瑟勒快瑟勒房裡垃圾桶的衛生紙量比平時多了好幾倍，至於詳情如何就不得而知——

「啊，如果想要夜訪溫柔鄉，請各位讀者也得挑荷包有餘裕的時候才去喔。這是賢勇者跟你之間的約定★」

「未免太像教育性動畫會有的收尾！」

「全篇內容都很髒，你們師徒倆還有臉講這些！有夠假！」

《第十四話　終》

真・最終話◎故鄉與徒弟

…………

Great Quest
For
The Brave-Genius
Sikorski Zeelife

——沙優娜，妳有夢想嗎？

——咦……

——哎呀，妳不想告訴姊姊？那我倒不會強迫妳說……

——不是的，這段互動讓我有既視感……

——作者有記得從前一集的原稿檔案整段複製貼上，所以不會出錯喔。

——看嘛，我就知道！我姊姊才不會說這種話！

——也對……不過，前一集我雖然曾像這樣若有深意地出現在妳的夢裡，結局時卻還是遭到忽略了，在這個章節也不被當成一回事而幾乎沒戲分……

——不用提後面的劇情！姊姊妳是會記恨的那一型嗎！

——對我的存在鋪述這麼多，也出不了第三集啊？

——我想醒來！我在人生中從來沒有這麼想讓自己從夢裡醒過來！

——那我們來討論發現褐膚角色的乳頭是粉紅色時，有意見想要衝口而出卻又無法好好用言語表達的那種感覺吧。

——請老師不要理所當然地闖進我的夢境啦！

——日本人喜歡櫻花，所以只要是櫻花色的乳頭就沒有任何問題喔。

——不要強加刻板印象在整個民族身上啦！夠了，所有人散場！就地解散！解散！

＊

「解散啦啊啊！」

「解散什麼啊，沙優娜？」

「…………咦？」

沙優娜醒來以後，映入眼底的是師父手執教鞭的身影。雖然沙優娜的作用大致上跟幫傭差不多，有空閒的時候還是會以聽課的形式向艾達飛基學習各種知識。儘管她正在學習——

「居然在我眼前打瞌睡，令人難以嘉許呢。妳睡眠不足嗎？」

「呃，沒有，並不是那樣……對不起。」

——看來沙優娜似乎在課堂上睡著了。她畏縮似的低下頭道歉。

「我將重話說在前……感覺妳最近都不太能專心。假如有什麼煩惱的話，我是可以就能力所及的範圍陪妳商量。」

「不用，我沒事……」

沙優娜並非缺乏熱忱。只不過，正如艾達飛基所點出的那樣，這陣子沙優娜有欠活力是事實。

（少了目標或目的，不管怎樣就是會鬆懈嗎……）

「妳或許累了，今天的課就上到這裡吧。像這種時候應該來些甜食……所以嘍，我要去準備點心，麻煩妳之後來飯廳。」

「我明白了。謝謝老師。」

艾達飛基大概是出於貼心，直接從房間離去了。

過去的沙優娜為了復仇，才會向艾達飛基求教。關於她的那段仇恨，則是以奇妙的形式劃上了句點，因此無法稱作復仇完成。何況事到如今，她也不認為能夠完成。

接著，沙優娜以跟失散的姊姊相會為目的，從艾達飛基身邊離去，然而這次同樣以失敗收場。她在一個人的旅程中感受到自己力不從心，便決定再度師事從於艾達飛基——

「即使我見到了姊姊……又能怎麼樣呢？」

想見姊姊的心意並不假。可是，沙優娜沒有後續的展望。就算見到了姊姊，就算向她盡情撒了嬌，之後自己又要如何過活呢？難不成一輩子都要讓艾達飛基關照？基於立場，那樣總不可能行得通。

沙優娜想做的事情少之又少，目前又沒有任何一項當務之急。察覺這一點時，有某個疑竇就從沙優娜內心脫落了。

「現在……先別去思考吧。畢竟又不是已經見到姊姊了——」

先決問題應該是力圖振作。照這樣下去，對賜教的艾達飛基有失禮貌，也無助於沙優娜本身。先收拾課堂，再去吃艾達飛基做的點心吧。如此心想的沙優娜正準備起身——房裡就響起門環的叩門聲。

「有訪客……？今天不是尤金先生要來的日子，會是委託者嗎？」

有委託者來訪，在艾達飛基家的規矩就是要擱下手邊的事情先過去接應。沙優娜急忙前往玄關打開門。

「來了，請問是哪位？」

「真令我訝異。沒想到妳真的待在這種窮鄉僻壤——」

「咦……！怎麼會，你為什麼會在這裡……！」

「——溫德莉莉絲。」

「哥哥……！」

＊

「容我重新問候，你好。我是賢勇者艾達飛基・奇萊夫。朋友們人多都叫我艾達，希望你可以放寬心用一樣的方式稱呼我。」

艾達飛基爽朗地伸手。與他面對面的青年將天空色長髮微微撥起，帶著微笑回應賢勇者的握手禮。

「你好，賢勇者。我是『喬可思・伊歐・英格爾』——英格爾領的下任領主，同時亦為溫德莉莉絲・優娜・英格爾的親哥哥。賢勇者在外的盛名，我也耳聞已久。要說歷史暗流中自有賢勇者的蹤跡……不知道是否操之過急？」

「這個嘛，我並不是能留下什麼成就而名列史籍的人。」

「…………」

「呵……態度感受不到絲毫傲慢，我本身並不討厭你這一點。」

沙優娜之兄——喬可思優雅地啜飲一口招待的紅茶。他總不可能純為遊山玩水而來。一旁有沙優娜緊張得說不出半句話，而艾達飛基將話題繼續談下去。

「那麼，喬兄今日來訪所為何事？」

「啊，我差點忘了。不過在談那些之前，我希望能先表示謝意。賢勇者，我的妹妹——

溫德莉莉絲受了你的照顧，對此，我身為兄長要由衷感謝你。此刻我妹妹還能夠像這樣健朗而平安，無非全是你的功勞。我誠摯感激。」

喬可思深深低頭，從懷裡取出一只小盒子。艾達飛基收下以後，就照著吩咐打開那只小盒子。當中擺著好幾顆打磨完成後應該沒過多久的珠寶。

「你有貢獻，那則是我付出的謝禮。希望你能毫無顧慮地收下。」

「唔嗯，這些寶石的品質都相當上乘，感覺有許多用途。」

「這是以我**國**採掘得來的礦石加工而成。」

「但是──我不能收。很抱歉，除了正當取得的委託酬勞，我謝絕收受金錢財物。」

「雖然這並非委託，名義上仍屬正當吧？」

「最近媒體對這種檯面下的金錢往來或利益勾結都盯得很緊。再說我也怕財務審查～」

「……老師又在隨口瞎掰……」

吐槽的沙優娜嘀咕一句，話語中卻毫無銳氣。艾達飛基的說詞本來就意味不明，然而其意志並未改變。艾達飛基將珠寶盒交還給喬可思，喬可思閉眼思索一會兒，最後把退回來的珠寶盒又收進懷裡。

「倘若那是你的意志，我便不會強人所難。失禮了。」

「感謝。畢竟我確實收到了你的心意。」

「……那麼，我可以進入正題了嗎？」

「請說。」

艾達飛基一催促，喬可思就瞇細眼睛。其銳利目光的前方——有沙優娜在那裡。

「我就直話直說了。**希望你將溫德莉莉絲還來**。」

「……唔！」

當哥哥專程親臨這個家時，沙優娜就隱約猜到他要說什麼了。可以的話，她希望自己沒有猜中，然而事與願違的是負面猜測往往都會成真。

沙優娜倒抽一口氣，反觀艾達飛基則微微偏頭提出疑問。

「『還』這個字，不知道該作何解？恕我失禮，喬兄。我並不記得自己有奪走她。詳細經過省去不談，但她會待在這裡是出於自由意志。」

「你跟溫德莉莉絲有師徒關係這一點，我也都事先調查過了。既然如此，我總不能未經你的允許，就直接把拜師為徒的沙優娜帶回去。」

「那同樣有些許誤解存在。我雖是她的師父，不過這是因為她希望而成立的關係。反過來說，若是她不希望，這層關係隨時都會終止。假如喬兄想要帶她回去，大可不必介意我，只要說服她本人就好。」

「……唔嗯，看來你與我妹妹的師徒關係，跟我想像的師徒關係有所差異。不過我明白了。原本我以為要說服你會是最大難關，這樣正好。」

喬可思的話鋒就此完全集中到沙優娜一個人身上。不過，艾達飛基會這麼做回應，也是沙優娜無形中早已知道的事。

因為艾達飛基對「自由」有著明確的信念。

「那麼——溫德莉莉絲，我先問妳吧。妳要如何選擇？」

「我、我不要！我不想回去！」

「不，我不是問妳那個。我是指自己講話的模式。妳要選王子模式？還是哥哥模式呢？當著賢勇者面前，我總不好一碰面就用哥哥模式。妳選吧。」

「我似乎聽見了什麼陌生的模式。」

「麻煩哥哥用王子模式講話！」

「咦～？許久沒有碰面，我用哥哥模式會不會比較好？妳說是吧？瞧，賢勇者也一臉期待地看著我們喔？何不讓他見識一下呢，我心愛的妹妹。」

「沙優娜，為師務必要見識見識。」

「我不要！家醜會外揚啦！」

「雖說妳所謂的家醜已經稍稍現出跡象了。」

「呼……我這妹妹真是頑固。不過之後我還是會切換喔？哥哥可是認真的喔？」

風向似乎變了。喬可思原本想秀出深不可測的潛能，卻因為沙優娜知情而予以避免了。艾達飛基顯得一臉遺憾。

「不說那些了！哥哥，為什麼我必須回去呢！當時——在我準備逃離祖國時，哥哥應該囑咐過我！」

「咦？我當時是怎麼說的呢，小親親？」

「陣陣來臨了呢。切換模式的浪潮。」

「哥哥！你要忍耐！你說過，在祖國重建之日到來以前，我不需要回去！你千真萬確地用百分百認真的語氣鄭重囑咐過我！」

在這裡先對沙優娜的身世做個說明——她的祖國英格爾聖王國，被強國雷歐斯泰普王國以武力強行併吞了。在那般情勢中，雷歐斯泰普之王塞可士（喜歡扮嬰兒的那傢伙）就下達命令，要身為英格爾公主的沙優娜……也就是溫德莉莉絲，還有其姊伊琉馨嫁他為妻。

可是伊琉馨因而袒護了妹妹，自己率先嫁給塞可士，這段期間沙優娜則透過父王與喬可思的安排出逃。於是沙優娜在遠方知交庇護下過了一段銷聲匿跡的日子，藏於她小小胸脯裡的復仇心卻始終未歇，最後她便為了拜賢勇者為師而貿然踏上旅途。

以上情節都在前一集的最終話提到過，大家各自找出來溫習好嗎？

「『基本上搞笑小說需要這種設定嗎？至今我仍感到疑惑不已』……弄好了。」

「老師你在做什麼！」

「閒著也是閒著，我打算來一段家庭用的旁白。接下來要把這放進烤箱。」

「什麼叫家庭用的旁白！那是跟烤餅乾一樣可以進烤箱烘焙的東西嗎！」

談到沙優娜的背景，艾達飛基必然就會置身事外。因此身為主角卻無事可做的他忍不住烤起旁白也是難免。

氣氛變得較為快活，喬可思也跟著笑逐顏開。

「**現在正是為了重建祖國，才需要妳回去**——溫德莉莉絲。」

不料話鋒被刻意一轉，改走嚴肅路線。為人兄長的他毅然正色如此說道。

「冷暖落差這麼大會感冒啦……！為、為什麼需要我呢？」

「有親事。某泱泱大國提出了與妳結親的事宜。該國是少數能與我們的仇敵雷歐斯泰普平起平坐的國家。我們英格爾領——不，英格爾聖王國將藉由這樁婚姻深化兩國間的關係，並在獲得穩固的靠山後達成獨立喲。」

「語尾現出原形了！」

「原來如此。在英格爾王室中，未婚女子確實就只有沙優娜。這算是所謂的政治婚姻，但你們本來不是因為排斥跟雷歐斯泰普的政治聯姻，才讓她潛逃國外的嗎？」

「我怎會把自己可愛的妹妹獻給貪色之王塞可士？然而，這次親事是由足以信賴的國家提出的。溫德莉莉絲生為王室成員，也有遲早要為國出嫁的覺悟才對。之前我給予妹妹的，不過是緩衝的時間而已。」

「怎麼會……」

「更何況——父親和母親也都想見妳。不管怎麼樣，妳都該先回國一趟。」

喬可思斬釘截鐵地斷言，彷彿表示事情就談到這裡為止。

沙優娜對於自己的身世與肩負的職責，也自認有大概的了解。只是，她以為那一天會在更久以後才到來，屬於怎麼設想都無法觸及的遙遠未來，卻突然出現於此時此地。她不可能在一瞬間就做下決斷。

正因如此，沙優娜看向老師。帶著一副好似在央求，也好似在祈禱的表情。

「——妳必須自己決定，沙優娜。這項選擇，不容妳委由他人做主。」

「…………！」

狀似絕情的語氣讓沙優娜全身僵住。可是，在她的腦海某處，也能理解艾達飛基說的話正確無誤。這並不是艾達飛基的問題，而是沙優娜自己的問題。有權做決定的並非他人而是自己，還有親哥哥喬可思。

沙優娜也知道哥哥正為了重建祖國而竭盡心力。她還知道即使在遭到強國吞併的狀況下，哥哥仍不屈不撓地一直在面對難題。這次兄妹相見的事實，更絕對不容忽視。事態應該已經急迫到必須找回逃亡國外的妹妹，並將她納入政治考量當中了。

她能給出的答覆，勢必只有一種。

「…………我明白了。」

「溫德莉莉絲——謝謝妳。父親與母親也會感到欣慰的。」

「不、不過！我只是答應回去而已！呃，要不要接受婚事，我還完全沒有頭緒……！」

「沒關係。那麼，我快要忍耐不住了。絲絲小親親，讓我解放好嗎？」

「……請隨意。」

「嗯啊啊啊啊啊啊啊啊啊啊啊啊啊啊啊啊！來香一個，絲絲小親親，妳好可愛喲喔喔喔喔喔喔喔喔喔喔喔喔喔喔喔喔喔喔喔喔喔喔喔！葛格一直見不到妳，叔寞得都快要瘋掉掉惹啦啊啊啊啊啊啊啊啊啊啊！」

整個人變了樣的喬可思抱緊沙優娜，還直接把她捧起來繞圈圈。大概是理性潰堤了，口水正從他嘴裡像瀑布一樣盈湧而下。

「絲絲小親親……指的是？」

「這個人——從以前——一直都是這樣——叫我的——」

因為對方力道太猛，被捧起來繞圈的沙優娜幾乎是懸空在旋轉，然而做出這種行為的是哥哥而非外人，狀似見怪不怪的她顯得有幾分冷靜。

「所以妳是姊控，而喬兒就是妹控嘍？」

「欸欸欸，賢勇者！我妹妹超可愛的吧！你可以替她打分數喔！」

「嗯～……放寬標準的話，大概可以給到四十八分吧。」

「好棒喔，絲絲小親親！妳在滿分四十八分裡得到四十八分喲！」

「居然是必勝的接話方式！」

喬可思似乎會視狀況與心情，將身為英格爾聖王國嗣子的王子模式，與純屬沙優娜兄長的哥哥模式分開來運用。沙優娜被他摸頭摸得頭髮都變成一團亂。

「這麼說來，喬兒。到這裡必須通過危險的樹海，這次你是一個人來的嗎？」

「嗯？喔，我僱了一名護衛。這麼說來，我一直讓他在外頭等著呢……絲絲小親親，那我們差不多可以回國了吧？還是妳要跟葛格一起洗澡澡？」

「我不要跟哥哥一起洗。」

「你看，賢勇者！我妹妹在害羞耶！可愛度簡直可比古巴的至寶！」

「為什麼哥哥形容可愛要用弗雷德里奇・塞佩達選手來舉例！」

「因為兩邊笑容都很可愛啊。」

那到底算不算讚美並不好說，總之沙優娜決定回國了。

她收拾好行李，來到屋外以後，就發現有個男子杵在那裡枯等。

「……咦？尤金先生？」

「喲，妳還真慢耶。」

「尤金！這一集近七成的章節你都有登場，難道你還有戲分嗎！」

「咱從頭到尾都要亮相啦……！話說那種事不重要吧？」

「他偶爾會來我國行商。由於這名商人表示自己對身手也小有信心，這一次我才委託他擔任護衛。」

看來艾達飛基和沙優娜的情報，是透過尤金傳到喬可思耳裡的。尤金在旅程中都會順口散播賢勇者的情報，雖然他應該別無用意，但或許也構成了喬可思像這樣拜訪的遠因之一。

「阿基！咱沒有聽喬可思王子提到太多細節就是了。不過這樣好嗎？」

「問題並非好或不好。畢竟這是她做的選擇。」

「可是啊……那丫頭要回國了吧？感覺你目送她都沒有什麼表示。」

艾達飛基並沒有要務得去英格爾領處理，因此就只有送兄妹倆到屋外而已。對此尤金怪罪了幾句，艾達飛基卻跟往常一樣擺著若無其事的臉孔。他大概沒有特別的想法吧。尤金猜不透好友真正的心思，便放棄多說什麼了。

「賢勇者，借一步說話。」

「怎麼了嗎？」

喬可思湊到艾達飛基身邊，還遞了東西給他。

一旁看著的尤金則臉色消沉地想為沙優娜打氣。

「呃～雖然咱並沒有什麼立場對妳的家庭問題說話……」

「那就不用多說什麼啊。因為這是我個人的問題。」

「有夠不可愛的……真是的，咱實在不曉得該怎麼說你們這對師徒……」

三人就這樣一路朝英格爾領啟程而去。至於獨自目送他們的賢勇者內心在想著什麼，他的好友與徒弟都全然不知。

*

堪稱英格爾聖王國象徵的聖王城，在已遭吞併的現今仍受到運用。儘管政治方面的實權都讓雷歐斯泰普掌控在手，英格爾王室的影響力依舊強大。聖王城這地方對於沙優娜而言，可以稱作思念的老家，回來久違的故鄉到底還是點滴在心頭。不過，考慮到等在後頭的事情，她並不能敞開心胸慶幸。

「父親大人、母親大人，久未拜候了。長年在外的溫德莉莉絲今已回城。」

「噢噢，溫德莉莉絲……」

「歡迎妳回來……！」

名義上雖然成為了領主，原為國王的父親以及身為其妃的母親，都將沙優娜緊擁入懷。雙親眼中盈滿大顆淚珠，羞赧與愧疚的情緒在沙優娜內心猛打轉。另一方面，尤金遠遠望著那幕光景，身旁還有喬可思跟他站在一塊兒。

「因為就連一封家書都沒收到，別看我父母那樣，其實內心一直在擔心溫德莉莉絲。以往他們都儘量不表現在臉上，但目睹到她本人似乎就把持不住了。」

「你妹妹是老么對吧？很能看得出來她是在周遭關愛呵護下長大的。」

「哈哈哈。掌上明珠正是用來形容她。我妹妹實在很可愛喔。」

（畢竟這丫頭以前簡直就是不得了的怪物嘛……）

被年幼沙優娜痛扁的記憶在腦海復甦，尤金大大搖了搖頭。

「話說回來，行商人。你可曾經聽聞『伊琉馨·優諾·英格爾』的消息？」

「呃，有……多多少少。」

「那是我的雙胞胎姊姊。她同樣連一封家書都沒有寄。印象中，根據你收集到的情報，溫德莉莉絲曾想去找伊琉馨對吧？」

「是啊。咱不清楚那段期間的詳情，但她似乎沒有找到對方。」

「這樣啊。絲絲小親親都只跟她撒嬌，真讓人生氣氣……！」

「咦？」

「感謝你的助力。我特別準備了客房，今晚你可以留在城裡過夜。」

「啊，多謝……」

總覺得這傢伙也不太正常耶——尤金心想。不過對方是重要的生意客戶，因此他並沒有說出口。原本尤金還想多守望沙優娜一會兒，但是喬可思召來女僕帶他到客房，尤金便從現場離去。

「對了，溫德莉莉絲。妳聽喬可思提過成親一事了嗎？」

「親愛的，溫德莉莉絲長途跋涉已經累了，那件事就先……」

「不會，我聽哥哥說過了。詳情等安頓下來再談，他是這麼交代的。」

「這樣啊、這樣啊！哎，這樁親事對妳還有我們都是件美事啊！不過，確實看得出妳今天累了！好好休息，我們明天再談！」

「有沒有想吃什麼？城裡可以為妳準備任何東西。」

「我……沒有特別想吃的。跟兩位一樣就好。」

後來，時間在轉眼間便過去了。

洗去旅途的髒汙、換上禮服、與家人一同用餐、跟久未見面的僕人們歡談，於是在回到自己房間時，沙優娜已經累得筋疲力盡。

「……身體好沉重……必須換衣服才行，可是就這樣睡吧……」

沙優娜倒在附有天篷的大床上，只是稍稍閉眼，便立刻陷入沉眠。

懷念的個人房間，跟之前在艾達飛基家住的房間一樣，床鋪都有自己的氣味。

＊

——姊姊，妳為什麼會叫人家沙優娜呢？

——之前曾經說過吧？那是妳還很小很小的時候的事了，不過當時妳每到晚上都會哭喔。所以我就戲謔地管妳叫沙優娜了。因為妳的中間名剛好是『優娜』，所以我還滿中意自己取的這個綽號。

——那我記得。不過，我想問的是，沙優娜這個名字有什麼含意呢？

——嗯～……這是祕密。還不能告訴妳。

——咦！請告訴我嘛！

——不行～對了，等妳晚上一個人睡覺時也不會哭，我就告訴妳。

——我、我才沒有哭！人家才沒有那麼幼稚！

——是嗎？妳睡的枕頭常常在洗之前就是溼的，之前女僕邊笑邊聊著這件事呢。

——唔……

——妳是不是每到晚上，還是會忍不住哭出來呢？

——偶爾……而已。有的時候，我會忽然想到悲傷的事情……

——什麼樣的事情？

——我會想到，假如姊姊去了某個很遠的地方要怎麼辦。然後，想到姊姊再也不能跟我一起生活就……

——眼淚就止不住？

——……對。

——我問妳喔，沙優娜。妳聽過這樣的說法嗎？

——什麼說法？

——西洋的榮武威女優會用吸氣聲代替嬌喘，好像是因為民族性喔？

——正經戲撐到這裡就沒了！為什麼！

——據說是因為這樣比較好收尾之類的關係……

——誰管他啊！這是最終話耶，最終話！至少這一次我希望夢境能規規矩矩地結束！

——冷靜想想，要歸類的話，像我們這種奇幻小說角色都可以稱作西洋的榮武威女優，所以在親熱時一樣會用吸氣聲代替嬌喘對不對？

——我受夠了！我的姊姊才不是這樣！這是披著姊姊外皮的變態大叔！大叔給我滾！變態也給我滾！統統給我滾啦啊啊啊啊啊啊啊！

＊

「唔、唔唔唔唔…………啊！」

醒來的沙優娜發現自己正滂沱落淚。她做了煎熬的夢，也記得夢裡的內容，但是卻不願多回想，只希望儘快淡忘。

「喲。妳的睡臉好像痛苦得命都要沒了，沒事吧？」

「……咦？啊，尤金先生……？」

明明是大半夜，不知怎麼地尤金卻在房間裡，沙優娜因而不知所措。她用手背揉了揉眼睛，並且盡可能保持平時的語氣問：

「你、你是趁夜來當採花賊的嗎……？我要叫人嘍……！」

「哈哈！妳叫叫看啊。反正咱會搶先把妳做掉。」

「原來是暗殺嗎！」

「開玩笑的啦。咱的出身算不上太好，在貴賓用的客房久久無法入睡，所以才想過來玩玩。要是公主閒著就能聊聊天。」

「你叫我公主……請不要這樣。用往常的稱呼就好。」

「總不能那麼輕慢吧？正所謂佛要金裝，人要衣裝。」

身穿純白禮服的沙優娜，好歹也有符合公主頭銜的外表。甚至可以說事到如今，尤金才總算認同沙優娜真的是公主。

「咦……？尤金先生，你該不會把我視為攻略的對象……？」

「這個嘛，咱喜歡妳跟喜歡阿耀差不多耶？」

「跟蟲子有得比嗎！」

在沙優娜的心中，耀瑟勒快瑟勒排在與蟲子同等級。實際上，尤金把耀瑟勒快瑟勒當成重視的好朋友之一，沙優娜卻沒有聽懂他的語意。

「咱在想，妳是不是有什麼煩惱？不嫌棄的話，咱免費聽妳訴苦。」

「…………都沒有人肯站在我這一邊。父母、哥哥，還有那些僕人，全都不在意我的意願。而且，連老師對我都是那種態度。」

之前提到的親事若進展順利，英格爾領就可以朝著獨立邁進一大步。沙優娜則是為此才被叫回來。無關她的意願，這座城裡所有人都希望親事平安談成。可是，他們的願望並非沙優娜的本意。

尤金依然坐在椅子上，還翹起腿詢問一句：「所以呢？」

「我、我才不想……！我才不想結婚！」

「話雖然這麼說，但將來妳總得結婚才行吧？既然有公主的身分。」

「這點我曉得……可是！可是我現在還不想……！」

沙優娜還不想思考結婚的事情，想保持自由之身。沙優娜明白那是自己的任性，進而如此吐露心聲並且低下頭。一回神，眼淚又湧了出來。這裡明明是故鄉，卻讓自己覺得是個全然陌生的地方。待在沒有任何一個人能依靠的環境，無論是何處都會覺得像敵陣。

「那妳想怎麼辦？」

「……我無可奈何。從一開始，我就放棄了。對不起，請忘了我說過的話。」

「唉……咱從出發前就在想，ㄚ頭……至今以來，妳都在阿基身邊學了些什麼啊？」

「咦？」

沙優娜聽到尤金露骨地嘆氣，於是抬起臉龐。

臉色十分不耐煩的尤金像在瞪人一樣地看著沙優娜。

「至少那傢伙就不會像這樣任人擺布。假如妳是他的徒弟，起碼要懂得這一點道理，也應該學進了心裡才對。不樂意就要明講不樂意，要是講完還有人敢逼妳，大可反咬一口讓對方知道會痛，賢勇者的處事之道不就是如此？」

「可是，老師又不在這裡……」

「有咱在吧？ㄚ頭，妳聽好了。沒人跟自己站在同一陣線的話就用錢買。」

「咦？用錢……？」

「咱是生意人，收了費用就會替妳撐腰。咱可以將妳的親事徹頭徹尾地搞砸，再陪妳回阿基那裡喔。這麼一來便統統搞定啦！」

「太、太胡來了啦……再說那樣做的話，尤金先生在這個國家的立場就……」

「少在那裡囉哩囉嗦！像這種寒酸的小國，咱隨時要斷絕往來都不成問題啦！」

尤金本身也還希望就近看那對師徒相處。換句話說，這是傲嬌繞了一大圈在提供協助。

尤金略顯難為情地逼問沙優娜：

「妳現在就給咱做決定。說清楚，到底要不要拚！」

「…………我……我要拚。尤金先生，我決定——要搞砸自己的親事！」

「好～說得不賴。那我們馬上來開作戰會議。」

其眼裡已經沒有淚水。這時候的她並非英格爾的公主溫德莉莉絲——而是以賢勇者之徒沙優娜的身分，決意要讓自己的親事告吹。

而熱心的行商人看著沙優娜，在腦裡估算起跟英格爾領斷絕往來會造成的莫大損失，不過想想也都無所謂了，他便笑了出來——

＊

「深夜中叨擾，在此先向你賠個不是，喬兄。」

「厲害。原來你還能辦到這種伎倆啊？」

在靜悄悄的房間裡，突然現身的是理應待在本身住處的艾達飛基。訪客突然來到，儘管喬可思訝異地微微挑眉，卻還是不慌不忙地予以迎接。他說：「坐。」艾達飛基就拉椅子坐了下來。

「這只有在我一個人時才能施展，而且耗力甚鉅，因此我並不常使用。重要的是，喬兄明明有事委託，卻要特意單獨找我過來，可否請教其中理由？」

從艾達飛基的住處啟程之前，喬可思拿了一封信給艾達飛基。信裡頭只寫到他想要委託賢勇者，所以希望能單獨密會的要旨。

「當然可以。不過，麻煩讓我先談一小段往事。」

「這我不介意。」

「抱歉。想必你也知情，我與姊姊伊琉馨是國王前妻產下的兒女，與現任王妃並無血緣關係。然後現任王妃所生的女兒溫德莉莉絲，與我們姊弟就只有一半的血緣關係。所以呢，我在妹妹剛出生的時候，怎麼樣也無法喜歡後母與她的小孩，而姊姊也是。因為我們認同的母親已經不在了。憑我們當時的年紀，還沒辦法無條件接受有人坐到那空下的母親之位。」

「唔嗯，從現在的你根本想像不了。」

王位繼承權是歸第一王子喬可思所有，因此這不成問題，但後母所生的孩子若是男兒，風波應該就會隨之而生。

「是啊。至於我姊姊呢，甚至還為此取了沙優娜這個小名。她似乎無論怎麼樣都不想用溫德莉莉絲的名字來稱呼小妹，那應該是她內心抵抗的形式之一。」

「對我而言倒是個叫習慣的名字。」

「我不太記得取名的由來，但是那個小名似乎有暗貶之意在。不過，既然後來變成了帶有感情的稱呼，以結果看來感覺是好的。」

「原本與沙優娜疏遠的你們會接受她，理由是什麼？」

「……說起來，那應該是發生在她剛學會一個人走路的時候。父母因為有事不在城裡，我和姊姊就負責照顧她。當時，走在庭院的她跌倒了，還痛得哇哇大哭。我們姊弟倆設法哄她安靜下來……於是，她叫了我一聲『葛格』。當時我就領悟到了，在這個女孩眼中看見的世界裡，我和姊姊是無可取代的家人……我們是她絕無僅有的兄姊。有沒有血緣相繫，都跟被生下來的小孩毫無關係。如此領悟的那一瞬間，她在我眼中就變得十分令人憐愛。我甚至覺得她正是上天派遣到世間的天使，後來就……嗯啊！」

往事回顧到最後，喬可思自己有了感觸。雖然就結果來說，幼時的沙優娜被寵成不得了的怪物，艾達飛基卻刻意裝成什麼都不知情。

「我也覺得她很惹人憐愛。」

何止如此，艾達飛基還拍起馬屁。現在要拍正是時候。

呵呵——喬可思溫柔地微笑，看來馬屁拍到了心坎裡。

「我曉得。所以我才像這樣找你過來。賢勇者，我希望自己如此鍾愛的溫德莉莉絲能獲得幸福。無關國家及立場，我希望她可以掌握屬於自己的幸福。何況若要說真心話，我絲毫不想讓她出嫁。」

話說完，喬可思打開房間裡的衣櫃，當中收著好幾件女性用的華美禮服。喬可思挑都不挑就拿出一件禮服，攤開來秀給艾達飛基看。

「很棒的禮服吧？每件都是我讓國內頂尖裁縫製作的一級品。」

（是他將來為了送給沙優娜才準備的一系列禮服嗎？）

「——這是我在穿的禮服。」

「哎呀……風向突然轉變，還颳起了龍捲風。」

原本感傷的氣氛一瞬間不知道去了哪裡。

喬可思急忙脫起目前穿的衣服。

「這件事說來不足為奇——」

穿上禮服的喬可思當場轉了一圈，提裙叉腿落落大方地擺出姿勢。這是名為屈膝禮(curtsy)的行禮方式。

「——我只能對換上女裝的自己硬到射。」

「離奇古怪會不會才是正確的形容？」

「啊啊……今夜的我也一樣美麗……我妹妹若是天使，我便是快樂天使！快樂天！」

喬可思一邊望著穿衣鏡，一邊陶醉於自己的模樣。在場只有喬可思與艾達飛基兩個人，而喬可思毫不保留地展現自身潛能，因此艾達飛基不得不站到吐槽的一方。這對艾達飛基來說是緊急狀況。

「賢勇者，我一直都在思考。思考究竟該怎麼做，才能讓一切圓滿收場。」

下半身勃然英挺的喬可思將想法娓娓道來。

「要讓溫德莉莉絲跟父母相見團聚，還要保住她的自由，更要和提親的國家將結親之事順利辦妥，讓我國實現獨立。想將這一切都化為可能，方法無他——」

「不要……！我、我才不想負責吐槽……！」

「——就是由我親自出嫁……！」

「化妝請交給我包辦，我的公主大人。」

艾達飛基不到一秒就順了對方的意。他沒有站在耍寶的對立面，而是選擇一起瞎攪和。

雙方不分先後地伸手緊緊交握。

「感恩，賢勇者大人。我從當初就篤定你能理解。」

「那我們立刻來擬訂計畫吧。計畫名稱就叫『比安卡芙蘿拉』。」

「了解（黛波菈）！」

其眼裡浮現有如熊熊火焰般的意志。這時候的他並非英格爾的王子喬可思——而是以溫德莉莉絲之兄的身分，決意要讓妹妹的親事毀於一旦。

賢勇者望著喬可思，在跟對方商量報酬的同時心想：事情好像變得頗有意思了呢。於是他笑了出來——

*

兩國王室成員會晤將以相親的形式進行。地點定在英格爾聖王城，因此沙優娜並不需要動身前往他處。今天即為會晤的日子，沙優娜已經梳妝打扮完畢，正在等候聽待命。

「話說回來……連對方長什麼樣都不曉得就要相親，咱認為這事還真奇怪耶。」

由於是王室成員相見，警備體制布署森嚴。經沙優娜強行要求而成為直屬護衛的尤金，一派輕鬆地朝著全身緊繃的沙優娜搭話。

「據、據說來不及準備相親照。」

「對方是美蘇基王國的蒲泰繆王子對吧？來訪的還真是泱泱大國的王儲。」

「不過，無論來了什麼樣的人物……我們要採取的行動都不會變。」

「就是這麼回事。」

這個日子來臨之前，他們倆一直都在暗中準備。之後要做的，就是在國與國內情交錯的重要場合上弄個天翻地覆而已。

「溫德莉莉絲，我們差不多該走嘍？準備好了嗎？」

「是、是的！父親大人！」

「那邊的男護衛，我問你，你有沒有看見喬可思？」

「小的負責保護公主，因此並沒有顧及王子殿下……」

「這樣啊。都這個時候了，不知道他跑去哪裡……」

喬可思不見人影，沙優娜的母親正在找他。被問到的尤金也發現這麼說來，今天一次也沒有看見他的蹤跡。

（倒不如說，那個王子最近都沒有露面耶。）

大概是公務繁忙至極吧。然而相親即將開始，沒有空閒多做思考——

「對方還沒出現嗎？」

「據說是準備需要花時間……」

「連相親照都張羅不到，實在失禮呢。」

「關於那方面已經火速派人去催討了，懇請陛下息怒……」

美蘇基王國的人至今仍未現身，沙優娜的父親便語帶焦躁地詢問。

一旁看著的沙優娜「呼」地嘆了口氣。

「……如果相親就這樣中止多好……」

「不可能吧？」

「說得也是……」

後來又間隔了幾分鐘，會場的門終於打開。總算到了這個時刻。美蘇基王國的人應該要出現了。

沙優娜嚥下口水、端正儀態。

「——我對這場相親有意見！」

「咦……咦咦咦咦咦咦咦咦咦咦咦咦咦！」

然而，門後出現的是——化了大濃妝，而且身穿新娘禮服的神祕美女，還有跟隨在旁的賢勇者。不用說，那名美女正是喬可思。

光看外表倒還像女性，不過硬裝出來的假音無非就是發自男人的嗓門。

「哥、哥哥！這是在做什麼！你全身上下是怎麼回事！」

「阿基，你在搞什麼啊！」

沙優娜忍不住驚叫出聲，反觀喬可思則對她拋了個媚眼。

另一方面，艾達飛基默默對尤金豎起中指。

「信不信咱幹掉你！」

「喬、喬可思……那、那身裝扮是怎麼回事……？」

「我還納悶怎麼沒看見你這孩子，結果竟然做出如此荒唐之事……！」

「父親、母親，請你們冷靜。關於這次的親事，我願以準新娘的身分參加。」

「別胡扯！你講的話根本莫名其妙！」

狀況實在讓人一頭霧水，沙優娜的父親也大為光火。可是，喬可思將他的話當耳邊風。

「只要看了我的打扮——你們就能理解當中的所有用意才對。」

「…………巨乳嗎……！」

「親愛的！別跟著說傻話！」

喬可思胸前大概塞著填充物，墊成了隔著新娘禮服也能展現魄力的雙峰。混亂到最後，沙優娜的父親盯著假巨乳，露出有所理解的臉色。沙優娜的母親幾近發飆地用力戳了戳丈夫的側腹部。

尤金一面看著那齣家庭搞笑劇，一面沒好氣地瞥向艾達飛基小聲說：

「咱說啊，那不叫準新娘，根本都穿成新娘的模樣了吧？」

「是我幫過頭了★」

「我就知道是老師在背後指揮……！」

艾達飛基絲毫不顯慚愧。沙優娜還有尤金根本連他來到英格爾一事都不知道，也就不曉得該擺什麼表情才好。

然而看待意外也有許多種方式。尤金把手湊在嘴邊說：

「呃，不過這或許是個機會，丫頭。」

「說得對……老師八成也想做跟我們類似的事情……」

艾達飛基來到這裡，就表示這場相親不會正常進行。

對原本就想搞砸這場相親的兩人來說，這或許等於多了一支意料外的援軍。

「對了，溫德莉莉絲。」

當喬可思還在跟父母爭執些什麼時，他突然朝妹妹搭話。

「什麼事，哥哥？」

「──我絕對不會輸給自己的妹妹……！」

「妳哥自認已經站上競爭的舞臺了嗎！」

或許他們到底是來攪局的敵軍──

「喂，阿基。結果你在打什麼主意啊，給咱說明清楚！」

「說明什麼？喬兄身為英格爾王室的血親，參與這樁親事有憑有據啊。我只是個隨從。何況沙優娜，妳本來打算不情不願地跟對方成婚吧？但是不要緊。只要交給我們，妳就不必違背意願出嫁了。」

「唔……！」

「老師，話是這麼說沒錯……可是……」

自己已經規劃要搞砸親事，沙優娜卻無法當場挑明這一點。

事到如今，艾達飛基那邊與沙優娜這邊的盤算不謀而合。現在已經沒時間讓雙方商量聯手，艾達飛基便回到喬可思的身邊。

再說到喬可思，他露出自信的笑容站在沙優娜面前。

「父母都願意認同了。這麼一來，我也能在新娘比賽中風光出場……！」

「請不要擅自把相親改成比賽，哥哥……！」

「叫我姊姊！妳可別因為臉長得可愛一點就得意！」

「對自身扮演的角色懷有高度熱情……！」

看來沙優娜的父母都被喬可思勸服了。

稱王的器量似乎毫無保留地被他發揮在父母身上。

「連本王都畏懼自己兒子的口才……說不過他……」

「親愛的，他還說『不然大可從王室裡安排更美麗的女性參加相親』，我推翻不了那樣的主張……」

（咱覺得這英格爾王室……一家子都怪怪的……）

尤金感慨萬千地如此心想。

包含沙優娜在內，這個家族的成員很可能都有毛病。

「那麼，要成為我老公的男人長成什麼模樣呢？對方似乎還沒到，你先過去確認他的容貌，賢勇者！」

「遵命，我的公主大人。」

「假如不是合喜好的帥哥，我可不依！」

「潑辣成這樣，您真有反派千金的架勢。」

被呼來喚去的艾達飛基狀似無奈地聳了聳肩。

「咱說你倆絕對都玩開了吧！」

「哥哥，拜託別再演這種內心戲小劇場了……」

不知道喬可思是演技過人，或者單純迷失自我，他打從心裡自認是一位公主，也表現得像公主。甚至連周圍僕役都逐漸身陷「奇怪，他該不會本來就是公主吧……？」的錯覺。

艾達飛基奉主子之命，急忙將晚送來的相親照小冊子搬進房間。於是在艾達飛基的主導之下，僕役們急忙將小冊子發到所有人手上。

「對方是一位我也聽聞過的人物，請大家務必看看其中的內容。」

「阿基，人應該快要到了，咱覺得事到如今又何必看照片……」

「還沒開始就被老師他們弄得一團糟啊……雖然我會看啦……」

沙優娜和尤金都直接從艾達飛基手上接過小冊子。儘管沙優娜無絲毫意願與蒲泰繆王子結婚，起碼還是要認清對方的長相才行。

他們倆同時翻開小冊子——

THAT WAS THE ORIGIN OF ALL TRAGEDY.

「這是哪位！」

「三木一馬先生。」

有趣的話，想怎麼樣都行♥

「誰啦！呃，咱曉得他是誰啦！喜歡輕小說的讀者都認得就是了！」

「你們不認識這位？三木一馬［來源請求］（MIKI KAZUMA，1977年9月12日［來源請求］）為日本的輕小說編輯［來源請求］、Straight Edge代表董事［1］［來源請求］、LINE小說總編輯［來源請求］、EGG FIRM非執行董事［來源請求］。德島縣出身［2］，上智大學理工學院物理學系畢業［來源請求］的大人物。」

「充滿維基感的複製文！」

「因為有稍作更動，所以除了他是德島縣人之外，沒一項情報是確切的啦！」

「請你們稱他為德島縣孕育的奇蹟之子。」

「別說了！」

「對方根本不認識我們，像老師這樣傾全力挑釁是不行的！會吃上官司！」

「不要緊。這已透過阿南盡力協助而獲得當事人許可了。」

「卯足了勁想要害責編操心的強大惡意！」

「畢竟這也在輕小說編輯的業務範圍之內啊。」

「老師，我覺得這根本是利用責編在測試能打通多少關係嘛！」

「這位KAZUMA就是要成為我夫婿的男人……看來本作銷量突破一百萬冊是指日可待了呢。」

「等不到那一天啦！笨王子給咱安分點！靠這種笑料就能夠提升銷量的話，還不如用有象利路的名義推出三木一馬的寫真集！」

「那也是個辦法——還有我現在是公主！」

「講究圍巾型哥哥……！」

「萬、萬分抱歉！好像是因為我方作業程序有誤，照片放錯了……」

一名僕役急急忙忙將發出去的小冊子收回。相親照似乎不小心放成了別人的照片。這點看也知道。

「就算這樣也斬不斷我們與KAZUMA之間的情誼——」

「無是斬不斷的喔，老師！」

「這部小說不在結尾把事情搞大就不肯罷休嗎！」

由於訂正版的相親照發到了眾人手上，艾達飛基等人便重新確認蒲泰謬的長相……然而對方的相貌不值得一提。硬要說的話，就是張蠢臉罷了。

——之後又隔了幾分鐘，美蘇基王國的人馬總算來到現場。

首先是由兩國國王握手對話，但沙優娜在列席者當中發現了熟面孔。

「咦？愛麗絲……？」

「沙優娜姊姊！好久不見！」

「嗯？丫頭，妳認識她？」

「是、是的。之前因為委託的關係稍微……」

曾當過沙優娜師妹的少女愛麗絲，正朝著這邊猛揮手。而她的身邊，依然有姬騎士（笑）舒莉葉隨侍擔任護衛。

舒莉葉見到沙優娜，也迅速低頭行禮。

「沙優娜師姊，●●●！」

「…………」

「沒聽見嗎……？●●●！沙優娜師姊！●●●！●●●！●●●！」

「那個把出版社禁詞誤當問候語的女人是怎樣？」

「不用理她，尤金先生。因為她會變本加厲。」

「●●●！難道沙優娜師姊的●●●已經●●●而變得●●●又●●●了嗎……！」

「消音的部分太多，變得像戰後的教科書一樣嘍！」

「舒莉葉，自戕！」

「啊啊啊啊啊啊啊啊啊啊啊！在喜宴上自曝醜態太苦啦啊啊啊！」

舒莉葉每次把劍戳向胯下都要鬼吼鬼叫，一旁的愛麗絲則是嫣然微笑。

「很抱歉，舒莉葉的個性就是會在這種宴席上格外聒噪。」

「那妳為什麼要帶這樣的潑猴到現場啊。」

「呵呵呵。話說回來，本小姐一直都認為沙優娜姊姊必屬出身不凡之人，不過還真沒想到哥哥的相親對象會是沙優娜姊姊呢！」

「我也很意外，妳居然是美蘇基王國的公主……」

舒莉葉都稱愛麗絲為公主，因此沙優娜早知道她是某國的公主，豈料就是這次來提親的國家。沙優娜固然驚訝，舒莉葉卻做了糾正。

「不，我曾將國名說溜嘴一次，希望大家能將第十二話再重讀一遍。」

「妳帶這個人過來難保不會引發國際問題喔。」

「丫頭，妳交到的盡是些怪朋友耶……」

「呃，請各位注意這邊。這次英格爾聖王國的公主將要與美蘇基王國的王子正式結緣，才請到貴賓們蒞臨現場——」

當沙優娜和愛麗絲交談時，相親已經開始了。

然而不知為何，擔任司儀的是艾達飛基。

「——很遺憾的是，目前出現兩名準新娘希望嫁給蒲泰謬王子。還請蒲泰謬王子，乃至於美蘇基王國的諸位貴人在這次宴席上，選出一名合適的新娘。」

「本、本王子變成有兩個新娘子可以選嗎！桃花桃花朵朵開！」

「跟妳哥相比，對方好像是個笨在不同層面的王了……」

「我現在重新確定自己做出的選擇沒錯了……」

蒲泰謬王子滿面笑容。那張臉比照片看到的還要笨十成之多。

「那麼，就從自我介紹開始吧。首先請英格爾聖王國這一邊發言！」

眾人的目光朝沙優娜投注而來。雖然沙優娜不知道該由誰先自我介紹，照這樣看來似乎是她先。因為如此，沙優娜低頭行禮。

「各位好。我叫溫德莉莉絲・優娜・英格爾。」

「沙優娜姊姊！妳真迷人！」

「臉蛋長得算可愛，不過要當本王子的新娘會嫌胸部不太夠力耶～」

「沙優娜師姊！●●●！●●●！快回話嘛！」

「來個人把那位發神經的女騎士攆出去！」

尤金開口指示，然而舒莉葉的身分大概比外在表現出來得還要高貴，都沒有人敢動手。

美蘇基王國那邊鬧哄哄地朝沙優娜起鬨，儘管這是牽涉到國與國問題的場合，卻已經變得像新生歡迎會的調調。

「那麼，沙優娜……唉呀，是我失禮了，溫德莉莉絲公主。請問妳的興趣是？」

「呃……我的興趣是寫日記。」

「沒發揮作用的設定出現了！會場變得有夠冷！妳別鬧了！」

「為什麼司儀可以不分青紅皂白全盤否定我啊！」

艾達飛基對沙優娜發了一頓脾氣。看來現場對沙優娜來說根本是孤立無援。雖然那樣有那樣的方便，她心裡卻不太釋懷。

「呃～雖然這位女主角如此無趣乏味，不過她應該也身懷某些特技才對。所以說，妳有準備吧？溫德莉莉絲公主也有特技？那就大聲說出來啊！面向會場觀眾全力展現！」

「別用喊話來暖場啦，阿基。」

「我的特技是………………」

沙優娜忽然思考起自己的事情。然而，她卻在這時候發現自己沒有什麼了不起的特技。明明第二集都快收尾了，回顧沙優娜從第一集到目前為止的活躍，她究竟有沒有稱得上特技的項目呢？希望各位讀者也回想看看。

「『都沒有對吧～？』……弄好了。」

「請老師不要在現場處理家庭用旁白！多管閒事！」

「不，我這是婚喪喜慶用旁白。」

「有什麼區別！」

「咱發現你偶爾會把數落徒弟當作樂事耶……」

「先等一下，賢勇者！你把家妹講得活像一無是處，我這個做姊姊的可是不以為然喔！她也是有特技的！多到肚子裡都塞得滿滿！」

「喬兄！麻煩別插嘴！請避免有脫離計畫的行為！」

「你住口！」

「別爭了啦！你倆是一夥的吧！」

「我的特技便是家醜外揚時，仍有堅強的心智可以抬頭挺胸表示跟自己無關。」

沙優娜帶著「就這樣吧」的調調斷言。列席者們發出類似「噢噢……」的鼓譟聲。

「公主，我倒想問，為什麼賢勇者會待在現場？」

「誰曉得……？會不會是因為艾達飛基老師喜歡沙優娜姊姊？」

「嗯～先保留好了。司儀，讓本王子的另一個新娘上場！」

「這傢伙在學志村健演的傻瓜殿下嗎？」

「那麼，讓各位久候了。接下來我等英格爾聖王國引以為傲的極致準新娘就要登場！」

「老師明明跟英格爾毫無關係，聽他用『我等』這個詞會覺得不爽耶……」

「我的名字是喬可思・伊歐・英格爾！G罩杯的左撇子！」

喬可思抓準時機聚集在場眾人的注目，還不忘高聲宣布自己那對假奶的尺寸。

「不僅是G罩杯，還是個左撇子……！色到應有盡有的肉慾大餐……！」

「左撇子讓這傢伙感到了什麼樣的魅力……？」

「還說色到應有盡有。」

尤金和沙優娜都聽不懂，蒲泰謬卻覺得左撇子特別色。喬可思大概是確定這樣有掌握到他的心，就進一步展開攻勢。

「而且我關節柔軟，老家是務農的，舌頭還很長喲！」

「這種謊話要是說得通，等於我們兄妹都是農民所生了！」

「簡直就是色到包山包海的滿漢全席……！」

「才多加三道菜就從肉慾大餐躍級進化成滿漢全席啦……」

「只能說這位公主應該是把持不住自己的肉體了！無處可宣洩的熱情慾火又要何去何從才好呢……！」

「別講得像女士漫畫的炒作詞一樣！」

艾達飛基也大力吹捧喬可思，蒲泰謬已經聚焦在喬可思身上了。因為他是個傻子，所以應該連喬可思用假音講話都沒發現吧。

「喬兄……不對，喬可思公主！假如妳有什麼興趣的話，請告訴現場的大家！」

「我的興趣是種蔬菜喲！」

「刻意向農家靠攏的人設風格⋯⋯！」

「混帳！混帳！到底想勾引本王子到什麼地步，妳這個淫蕩女！」

「咱開始覺得看這傢伙的反應是最有趣的了。」

蒲泰謬王子大概是下半身開始躁動，連連猛拍桌面。要說他幾乎淪陷了也可以，然而艾達飛基和喬可思又試著補上臨門一腳。

「喬可思公主營造的煽情氣息連用看的都令人害臊，但這樣的她究竟有何特技呢！」

面對質疑，喬可思默默將食指含到嘴裡。幾秒後，指頭從嘴巴一放，黏滑的唾液便隨之牽絲。

「我呢——分泌的唾液量非常多。」

「啊啊啊啊啊啊啊噢噢噢噢噢噢噢！本王了稍微射出來了！」

「唉呀，哥哥真是的。沒有內褲可以給他換耶。」

「王子實在很淘氣呢。不過我身為姬騎士非效法他的態度才是！」

「咱發現了，該國來賓全都不太妙！」

「要跟這個國家聯手對抗的還是個愛在床上扮嬰兒的強者，更令人感到絕望呢⋯⋯」

蒲泰謬的褲子溼了一塊，旁邊則有狀似表演完畢的喬可思和艾達飛基朝彼此舉手擊掌。

雖然男方還沒有自我介紹，相親的結果應該形同出爐了。

喬可思帶著自信的臉孔看向沙優娜。

「——性技必勝。」

「希望哥哥可以發現最近我們在心靈上的距離越來越遠了。」

「那麼，蒲泰謬王子。決斷拖得太久，對於兩國王室亦無益處。請順從心之所向，選擇要共度今生的伴侶吧！」

「那還用問，本王子從一開始就決定好了。我國要迎娶的新娘子是——」

「——談婚嫁的雙方且慢！」

「什……！你怎麼會來這裡——」

突然有人推開門闖了進來，讓艾達飛基大感驚愕。

彷彿要證明自身的存在，那名男子在會場發出一聲清響。

——啪！

「荷某不會把沙優娜小姐讓給任何人！」

「——荷馬兄……！」

「啊啊……事情即將發展成要多糟有多糟了……」

「不過把他找來的就是咱們哪……」

在沙優娜的訂婚宴席上喊停的人，是依約在最終話露面的荷馬傑克。

可是，這個男人並不是艾達飛基找過來的。拜託他的是打算搞砸自己這樁親事的沙優娜與尤金。

按照原本的規畫，是要讓變態在兩國王室會晤到一半時闖進來攪局，只管大鬧一場就對了。想藉此讓所有事宜化為烏有的盤算，卻因為艾達飛基和喬可思組成的陣營意外登場，進展得比預期更快。喬可思似乎還莫名其妙贏得新娘比賽，因此變態最好不用出面了——

「你等對於沙優娜小姐一無所知，要怎麼讓她幸福！但荷某知道！荷某知道沙優娜小姐在床笫之間有多麼狂野！也知道她在忘情搖擺時用指甲朝荷某的背脊抓過來會有多痛！還知道她最愛的就是在枕邊情話綿綿！種種細節……荷某無一不知！她真的浪到不行！」

「請你不要憑著捏造的記憶就自以為是地誇口！我睡覺都是一個人睡！」

「沒想到我妹妹具備這樣的獸慾……！」

「故作清純的女人色起來當真令人興奮……！英格爾王室居然能落實這一點，究竟要將本王子的ＤＥＮＧＥＫＩ刺激到什麼地步才滿意啊……！」

「原來胯下那話兒的代名詞會因國家而異啊……」

荷馬傑克突然現身，還對沙優娜大聲示愛。知道這是作戲的沙優娜和尤金姑且不提，在其他列席者看來，就變成公主早有男人還接受提親的荒謬事態。臉色慘白的沙優娜父親朝女兒逼問：

「溫、溫德莉莉絲！這究竟是怎麼回事！」

「父、父親大人！這是因為……呃……」

「你們的歲數差距甚多喔，溫德莉莉絲……？」

「母親大人！該議論的並不是那一點！」

「失敬了，岳父大人、岳母大人。我名叫荷馬傑克，與沙優娜小姐的關係便是如此。」

荷馬傑克用左手輕輕比了一個圈圈，再伸出右手的食指在那個圈圈進進出出，臉上還笑得燦爛無比。

「啊啊……我心愛的女兒怎麼會……這是多麼地不檢點……！」

「話說這個大叔跟本王年紀差不多或者更老吧！女兒妳可真猛！」

「父親大人！請您不要發揮個人特色！角色已經多到快要爆開了！」

「哈哈，沙優娜小姐有一對讓人愉快的父母。請兩位期待抱孫子吧！」

「還有你也不用演到這個地步啦！你懂不懂這次的目的！」

「目的……？沙優娜小姐，促成荷某與妳的婚事不就是目的嗎……？」

「我受夠了！誰找來這種幫手的！」

「咱們啊。」

絕不會照著安排行事的男人，那就是荷馬傑克。他本人似乎一本正經要來這裡迎娶沙優娜。目前他朝著列席者問候起來。

「唔嗯……喬兄。看來沙優娜他們似乎也自己展開了行動。」

「敗給她了。這樣我們兄妹倆會雙雙步上禮堂。」

兩人暫且冷靜地觀望著局面。他們的方案是要由喬可思代替沙優娜成婚，沒想到沙優娜卻想出自己的辦法來抵抗。可是，她的做法對美蘇基王國顧慮得不夠。以政治的爾虞我詐而言可視為一步壞棋。

證據就是蒲泰謬王子已經氣得滿臉通紅。

「喂、喂！英、英格爾的人！你們到底存什麼心！本王子好不容易想同時迎娶她們倆！居然特地安插這種綠光罩頂的戲碼，這根本是在向本王子的DENGEKI還有美蘇基王國宣戰吧！」

「原來你並沒有要選我和哥哥其中一邊，而是兩邊都要嗎！」

「這傢伙當自己是後宮戀愛喜劇的男主角嗎！」

「本王子的夢想就是把比安卡、芙蘿拉還有史密斯（註：電玩《勇者鬥惡龍》系列常出現的角色）統統娶回城裡！」

「咱聽出來了，當中混著一具腐爛的屍體！」

蒲泰謬的說詞固然有毛病，面子遭到踐踏卻無庸置疑。實際上，美蘇基王國那一邊的列席者已經傳出憤怒不平的聲音。

「戰爭！只能靠戰爭解決了！欸，公主！英格爾那種連五流國家都不算的臭鮑魚公主，竟敢讓我們的蒲泰謬王子蒙羞！只有剿滅那些傢伙才能夠解決這檔事！我說真的！全體動員來一場血祭吧！」

應該說，舒莉葉率先開始煽動群眾。或許她渴望見血。

「不過，沙優娜姊姊是個多情的大人物。我認為放寬心也很重要。」

「公主的意思是一穴雙雕嗎？喂，臭鮑魚殿下！聽見沒有！妳塞得下嗎！」

「我即使投入全城兵力也想幹掉的就只有那個混帳姬騎士……！」

「丫頭，別把事情導向開戰的局面！冷靜點！」

「——談婚嫁的雙方停一下噗！」

「因為硬要用口頭禪區分角色的關係，一聽就知道是誰來了！」

會場的門再次打了開來。角色數量一多，難免要蠻橫地靠口頭禪寫出人物之間的差異，這是輕小說作家的天性。千奏斐朱這隻以當沙包為業的豬出現了。

「咱可沒有把那種肥豬找來參加作戰！他是誰！」

「委託老師的變態之一。不知道為什麼，他們往往只挑尤金先生不在的章節出現。」

「別講得好像有幾分責任要算在咱頭上好嗎……！」

「我的女王大人！小弟弟我在免費介紹所聽聞妳有困擾，因此坐也不是、勃也不是，就這樣趕來為妳分憂解勞了噗！啊，請讓小弟弟我額外指定鞭子、蠟燭、踢蛋蛋與開墾後庭的服務噗！～佐以黃金水～」

「別因為頁數快不夠了，就把自己能發揮的笑料全部摻在一起啦！」

「連千兄都出現了啊……局面正逐漸走向本作特有的全明星狀態呢。」

「賢勇者，那隻豬跟我妹妹究竟是什麼樣的關係？」

「上下關係吧。」

「妹妹，原來妳具有支配者的器量嗎……！」

「請不要因為這樣而佩服我！」

「居然可以像這樣在眾目睽睽下進行ＰＬＡＹ……真不虧是經營愛情賓館的店家，服務太棒了噗！」

「別把城堡當成愛情賓館啦！而且這裡也不是店家！」

「極度近代化的價值觀嗎？」

儘管沙優娜絲毫沒有找千奏斐朱過來的印象，但是他們仍互相認識。在他人眼中看來，應該會認為那是跟荷馬傑克先後被她帶到現場的男人。

整座會場似乎瀰漫著「這女人到底有多婊？」的氣氛了。

「我總覺得不知道該怎麼辦了耶……」

「ㄚ頭，至少這已經不是談婚約的氣氛啦……」

然而，好似要撕裂那樣的空氣，會場的門再度開啟！

「——談婚嫁的雙方都給我慢著！」

——滋滋滋滋滋滋滋滋……

「變成靠震動聲來辨識身分了！」

「接著又是誰啊……乾脆一起出現啦……」

「不，尤金。這應該是最後一位了——以法則來想。」

發出某種震動聲現身於會場的，是依約在最終話露面的賈布堇。

他卸下領主之職後，應該已經啟程流浪了，但不知道為什麼會出現在這裡。沙優娜不情願地試著問對方。

「在下碰巧來到這塊名叫英格爾而引人遐思的土地，打算大肆宣揚菊花有多～麼美好！結果就從肛膽相照的好哥們口中，聽說妳身陷危機的消息——……嗯？」

話說到一半，賈布堇似乎發現了什麼。

而他的視線前方——有姬騎士（笑）在。

「難、難不成……！」

「咦？奇怪？大哥是你？」

「我的小妹啊啊啊！怎會跟妳在此巧遇！」

「咱想問這什麼情況……」

「那兩位似乎是親兄妹。」

「血統論果然是不爭的事實嗎……！」

賈布堇和舒莉葉互相睜大眼睛，並且逐漸拉近彼此的距離。

於是他們不分先後地交換插在體內的道具，同時重新塞進去。

「這種溫暖就是大哥不會錯……！」

「無庸置疑，這是我小妹的溫度……！」

「身分證的代用品嗎！」

「那種東西不能用來確認身分吧！」

「抱、抱歉，女徒弟……！能否讓在下與小妹談一會兒……！因為震驚過度，我陷入過敏性休克的狀態……！」

「那個詞可沒有用來表達大受震撼的語意在！」

「我覺得隨你們高興就好……」

沙優娜的回答被四處交錯的怒罵聲蓋過。看樣子英格爾陣營和美蘇基陣營起了小規模的衝突。

畢竟賈布菫算來是第三個出現在會場的男人，難怪雙方會起衝突了。

話雖如此，大部分都是英格爾陣營的過錯——

「本王子不會再姑息了！總之就先娶喬可思公主，至於另一個婊子，除非她把自己曬成全黑化濃妝，否則本王子絕不娶她！」

「居然對NTR走向的劇情具有神祕的哲學……！」

「蒲泰謬王子，我妹妹到處都有男人是事實。但是，我們的國家以此為由而相爭的話，你不認為是錯誤的嗎？」

「哥哥，你講的事實是無稽之談！人幾乎都不是我找的，他們卻自己來了！」

「阿基，話說這傢伙怎麼已經打定主意要兩邊都娶啦。」

「因為以國際立場而言，美蘇基王國是壓倒性的強國啊。」

兩國之間發生的摩擦已經瀕臨開戰。要平息這件事，想必只有攏絡蒲泰謬王子一途吧。

喬可思讓蒲泰謬揉了揉自己的G罩杯假奶。

「在、在這種時候如此對待本王子，太大膽了……！牽強度簡直可以跟痴漢類情色漫畫比擬……！」

「這傢伙怎麼變得冷靜點了？」

然而除了戀愛喜劇的男主角以外，能上就上才是理所當然。蒲泰謬若無其事地把手伸向喬可思的胯下，就摸到了——棒狀的那個東西。

「咦？」

「啊嗯♥」

「……你、你你你！原來長著DENGEKI嗎！底下居然沒有GAGAGA！」

「別用是否屬於KADOKAWA書系來形容有沒有帶把啦！」

「黃色笑料管得太嚴，到最後就會導致小說變得這麼難懂。」

「才不是老師說得那樣。」

終於連蒲泰謬也發現喬可思是男人了。想當然耳，就算蒲泰謬擁有五花八門的性癖好，基本上仍是個直男。

「你、你們英格爾竟然打算愚弄本王子到這種地步……！」

「咦？可是我很會分泌唾液耶？」

「……怦通……」

然而蒲泰謬正逐漸把手伸向變態的大門。這應該是喬可思將女裝扮得太完美所致。恐怕雙方再互動幾次，蒲泰謬就會被喬可思完全掰彎。

「唉呀，事情似乎鬧大了呢——沙優娜。」

「……老師。」

英格爾和美蘇基的人互相追究起對方的無禮。當中有變態身穿只露出乳頭而啪啪作響的「救水」正在到處問候；有豬即將因為放置PLAY而高潮；有菊花兄妹感情和睦地敘舊；還有笑吟吟的師妹在旁盯著兄妹倆；親哥哥又準備與笨王子走上禁忌之路。

艾達飛基望著那幕景象，並且站到了沙優娜身旁。

「接下來妳想怎麼做？會場一片混亂，即使妳偷偷溜掉也不會被任何人追趕才對。要善後的話，喬兒自會嫁給蒲泰謬王子吧。說來說去，感覺雙方都達成目的了。」

「哎，確實是那樣。丫頭，趁現在就可以輕鬆遁逃嘍。」

逃亡的各項細節，尤金都會設法辦妥。假如只顧及沙優娜，準備已經十分妥當，剩下要做的就是開溜。

「……呃，老師。哥哥會不惜那麼做，是因為——」

「為了妳啊。絲毫沒有其他用意。」

「果然……是這樣啊。」

「欸，那是有其他用意的吧！咱認為正常人扮女裝可不會那麼帶勁！」

當兄長挺身擔任準新娘時，沙優娜就隱約明白了。喬可思的為人並不會出於胡鬧或癖好而做出這種事，全都是為了沙優娜。他打算成為代罪羔羊，將一切擔下來。

「……像傻瓜一樣。哥哥是男性吧，還自願要出嫁，那太離譜了。」

「所以他才會跟我聯手啊。要是不將鬧劇演到底，就保不住國家與妳。」

（嚴肅感提高以後卻還是有吐槽點在，咱聽得耳朵都癢了哪……）

「這樣我要是逃走的話……不就成了犧牲家人而逍遙在外的人渣了嗎？」

「但是，用妳的做法終究會危及英格爾的立場才是。即使喬可思沒有出嫁，仍會在不遠的將來身陷苦境喔。」

「…………」

當沙優娜放棄身為公主的職責時，就走上犧牲家人與故鄉的路了。然而，要保住家人與故鄉的話，沙優娜便得犧牲自己。

從最初就只能兩者擇一。事到如今，沙優娜才痛切體會到這一點。可是，她似乎連選擇其一都做不到。沙優娜覺得自己無處立身，默默地低下頭。

「唉。尤金，誰教你要慫恿她呢……」

「有什麼辦法？咱怎麼可能放著這個不願嫁人而哭出來的丫頭不管。」

尤金狠狠瞪向艾達飛基。自始至終只是個幫手的他，人生經驗比沙優娜更豐富，局勢也都看在眼裡。「這下費用要提高嘍。」尤金先說出這麼一句，然後就拍了拍沙優娜的背。

「喂，丫頭。一般人啊，不可能什麼都要到手裡。想得到些什麼，有時就必須放棄一些其他東西——就跟現在的妳一樣。」

「……我明白那層道理。」

「妳不懂吧？懂的話，妳應該就能當機立斷才對。看是要選自己還是家人。」

「尤金先生，你只是因為沒有直接的關係……才說得出這種話……！」

「對。咱就是因為跟這事無關才會說這些。畢竟咱該做的都已經做了。」

「你在說什——」

「別讓咱講第二遍。**沒人跟自己站在同一陣線的話就用錢買**，道理就這麼簡單。」

尤金退後一步，彷彿表示自己責任已了。

於是，沙優娜總算發現了。當她行刺塞可士王失敗，即將遭到處刑時也一樣。明明她以為對方不會來，卻不可思議地出現在面前。這次也一樣。不，根本連最初相遇時也一樣，對方從廣闊的樹海中撿起沙優娜。

——賢勇者艾達飛基，是拯救救星的救星。

「……老師，我有事情想要跟你談。」

「什麼事情？」

「我不想——在自己的自由、家人與故鄉中犧牲任何一項。所以……請老師為我設法。我想請老師用最圓滿的形式，讓這個局面完整落幕。」

「為師並不介意。只是，妳要先告訴我一點。這是妳身為徒弟的『懇求』嗎？」

「不。這是我用溫德莉莉絲・優娜・英格爾的身分——發出的**委託**。」

話著，沙優娜直直低下頭。以一名委託者的立場，而非徒弟的身分。

「我明白了。那麼，關於報酬就之後再談。」

（結果……那丫頭想要兩全其美的話，就只能拜託不凡之人（那傢伙）了呢。）

尤金鬆了口氣，輕拍艾達飛基的肩膀。

「話說回來——你這樣會不會太壞心啊，師父大人？」

「這話怎麼說？我不過是接了委託。」

「你打算為了可愛的徒弟，自己擺平這一切吧？既然如此，何不從一開始就出手？」

「你說笑了。自由必與責任如影隨形。不懂這一點的人就沒有明天。」

「那她應該會有明天吧。咱說你那個徒弟。」

不捨棄任何事物，將一切都捧到手裡的選項。做出其選擇的是沙優娜，她就要對那樣的自由負起責任。以委託與報酬的形式，而非無償的懇求。

尤金認為再深究下去，艾達飛基也只會顧左右而言他，便改口問道：

「所以，你打算怎麼解決？」

「這個嘛……照我的想法，毀了一切應該比較快——毀掉在場所有人。」

「……啥？」

艾達飛基平靜地說出不適當的話。尤金還來不及深究，艾達飛基就招手把那名人物叫了過來。

「你有何事，賢勇者？我等正在研議要如何剿滅這五流臭鮑魚國家——」

「舒莉葉小姐，請問妳帶著那種祕藥嗎？」

「咦？要的話是有。」

啵……

「喂！剛才這女的從哪裡拿了什麼出來！」

「那我就不客氣地收下來用了。」

「慢著，你這傢伙！……把空瓶還給我。畢竟下面的嘴巴會寂寞。」

「咱說啊，空瓶不是用來排解那種寂寞的道具吧！」

艾達飛基無視尤金的吐槽，將舒莉葉帶著的祕藥瓶內容物從液體化為泡狀，使其翩然飄起。祕藥泡泡分裂成無數飛沫迸開後，隨即溜進在場除沙優娜以外的所有人口中。尤金和艾達飛基當然也不例外。

「咱好像吞了什麼……」

「細節就不提了，但這是可以讓身體一部分的敏感度變為三千倍的藥。」

「連界王拳也打不到那麼高的倍率好嗎！」

「那麼，沙優娜。請妳喝下這個。」

艾達飛基又拿起另一只小瓶子遞給在旁守候的沙優娜。

「……老師，這是什麼？」

「用來讓妳親手將此事落幕的藥喔。」

「這樣啊。哎，我喝就是了。」

「…………」

尤金抹去自己的腳步聲與氣息，打算從現場開溜。然而，艾達飛基的手臂卻如靈蛇般伸來，揪住他的頸子。

「放、放手！咱都明白了！咱看出你要怎麼收場了！」

「不可以溜喔。你跟我，都要負起投身於國際問題裡攪和的責任才行。」

「下次咱再搞個大排場鄭重道歉，你放過咱吧！」

「因為腦子裡一片空白……」

「到底有多少讀者光看這樣就知道你在影射船場吉兆的道歉記者會啦！都多久以前的社會新聞了！」

在哥倆東拉西扯之間，**儀式**已經準備完畢。

艾達飛基讓沙優娜喝下的，是至今仍在試驗階段的「一硬頂到肚回春劑」。服用者將出現肉體與記憶回歸幼時的藥效。

呃，換句話說——

「……？這裡是人家的城堡？姊姊，妳在什麼地方？」

——暴君將現身於會場……！

「啊，奴隸！大猩猩！」

「「好久不見，沙優娜公主。」」

哥倆反射性兼本能性地下跪俯首。艾達飛基立刻召喚出女童用的禮服，讓衣服不合身而變得一絲不掛的暴君穿上。

「噢噢……！這、這位是沙優娜小姐嗎……！不，從這張純真臉孔中看得出明確的將來性，荷某敢篤定這必是沙優娜小姐的幼童形態，別無他解！不、不過，荷某是無法對女童感到興奮的男子漢！因此一向都會囑咐自己的內心與胯下，唯有這種事絕對做不得！荷某困惑的小祖宗啊，千萬要坐懷不亂……！對女童硬起來的話就不配當人了……！」

「…………」

沙優娜盯著天人交戰的荷馬傑克，默默地從原地起跳。接著，她傾盡全心扯了荷馬傑克剛好暴露在外的右乳頭。

「噢啊啊啊啊啊啊啊啊啊啊啊啊♥♥♥♥」

「你好臭！」

看來荷馬傑克這次敏感度三千倍的位置也在右乳頭。三千倍的敏感點乘上幼童沙優娜毫不客氣的一百倍拉扯力道，因此荷馬傑克體會到的快感應該超過了三十萬倍，幾乎可令人高潮致死。

「——長大的沙優娜是個催淫狂魔。」

「阿基，你忽然在鬼扯什麼啦……」

「可是她並沒有主動讓人溼的膽識。不過，若是幼童版的沙優娜公主，便有足夠的心胸將我等狗屎懶蛋的賤民毫不客氣地粉碎。對於蹂躪他人不會感到任何良心的苛責，是個與生俱來的催淫大魔王！可以想見在場所有人，都將被她二話不說地狠狠戳中敏感度變成三千倍的部位……！」

簡單來說，就是幼童沙優娜擅於瞄準要害出手的天分，長大後依舊保留在身上。艾達飛基據此稱呼她為催淫大魔王——

「哈啊啊啊啊啊啊啊啊啊啊啊啊啊嗯！絲、絲絲小親親！妳怎麼會出現在這裡！不，原因根本無所謂了！絲絲小親親！葛格在這裡喲喔喔！」

「閉嘴！」

喬可思打算朝沙優娜抱過來，沙優娜卻用速度更快的右手摸向喬可思胯下的小小國家。霎時間，有如大本營戰況發表的衝擊從小小國家迸向喬可思全身。

「　　　　　　　唔♥　　　　　　　」

「人家現在沒有心情理哥哥！人家想找姊姊！」

「什麼！女、女王大人……升級成小女王大人了噗！」

「那到底能不能算是升級呢……？」

「賢勇者的女徒弟變成了迷你女徒弟……？啊啊啊多麼可怕的詛咒！」

「本王子……本王子絕對不會屈服於幼女的魅力……！」

「臭鮑魚殿下變成了縮水鮑魚殿下……？還真是無奇不有呢，公主。」

「沙優娜姊姊的幼幼版臉孔簡直像天使一樣可愛！」

「有名字的角色正陸續遭到處刑耶。」

「正是這麼一回事，尤金。唉，頁數所剩不多，過程八成會省略就是了。」

情況可稱作近身即高潮，朝沙優娜湊過去的那些人全都欲仙欲死、花開花謝。

連父母都二話不說就放倒在地上的那副景象，讓人聯想起往年英格爾聖王國實質上受到沙優娜支配的那段時光。現場儼然是人人高潮到腿軟的活地獄。

於是到了最後，只剩不逃不避、留下來見證的艾達飛基與尤金而已了。

「人家的姊姊到底在哪裡呢？奴隸，你曉得嗎？」

「不，我不清楚。」

「大猩猩呢？」

「咱跟他一樣。」

「唔～！為什麼你們都不曉得！」

「「拜託對我們溫柔點。」」

完全死心的哥倆當場仰身躺下。以狗來說，應該就是服從的姿勢。遺憾的是這兩個傢伙都是有年紀的成人人類。

盛怒狀態的暴君衝向毫無抵抗的哥倆。尤金一邊跟艾達飛基仰望著相同的天花板，一邊發飆似的嘀咕：「以後別再用這招啦。」艾達飛基則由衷賠了不是說：「對不起。」接著哥倆就一塊兒被弄到高潮了——

＊

群魔亂舞的相親後過了幾天。等沙優娜回神時，一切都已經結束了，所以她到現在依然不曉得會場上發生過什麼事情。不過，那天之後就啟程遠行的艾達飛基據說將會在今天返回英格爾領，沙優娜便來到喬可思的房間。

「哥哥，是我，溫德莉莉絲。」

「進來。」

「是。叨擾了。」

進到喬可思房裡以後，只見艾達飛基與尤金也在。

「賢勇者，先麻煩你報告狀況……啊，溫德莉莉絲，在這裡也向妳交代一聲，賢勇者去了美蘇基王國，一直到日前才回來。」

「是的。話雖如此，我並沒有多大的貢獻。成果單純是讓兩國達成協議，將之前的提親及相親宴本身視為不存在。」

「咦……那表示……」

「表示我不必出嫁，溫德莉莉絲也一樣不必出嫁。我方跟美蘇基的關係照舊，既不密切亦不疏離——就是這麼回事。唉，雖然英格爾獨立之夢隨之遠離了……總比讓妳嫁給那個王子好得多。」

「咱一直想奉勸王子，請不要把『出嫁』講得像是自己理所當然該做的事。」

既然親事跟相親都不算數了，當時發生的各種無禮舉動還有讓眾人高潮到腿軟的活地獄也會被官方當作沒發生過。沙優娜忍不住提出疑問．

「老師，請問你究竟是怎麼辦到的……？」

「靠正當的交易手段。接納愛麗絲為徒之際的報酬，我還沒有向美蘇基王國收取。加上她也有幫忙說情，這事就順理成章談妥了。」

（所以阿基本來就另有底牌，才敢玩那種花樣……這傢伙是傻了嗎……？）

「對英格爾來說，則是欠下賢勇者一份大人情——狀況便是如此。」

正因為賢勇者不屬於任何一方，卻又在雙方面前都吃得開，才能施展出這種把戲。

艾達飛基改朝沙優娜伸出手。

「因此接下來換妳了。請付我這次的委託費。」

「…………」

沙優娜打從醒來以後，就一直獨自思索。思索自己該用何種形式，將委託費交給艾達飛基當報酬。

拿任何東西當報酬，恐怕都不要緊。艾達飛基想要的既非金錢，亦非名譽。除了異界的黃色書刊以外，這個男人根本沒有真正想要的東西。

「……在那之前，麻煩你們聽我說一段話。哥哥、尤金先生，還有老師。」

所以，沙優娜決定全盤托出自己的心思。

「我有個夢想。那就是——希望我與我的家人、我的國家，還有我所愛的所有人，都能永遠幸福。」

「——伊琉馨以前常常問妳呢。每次都聽她在關心沙優娜有沒有夢想。」

沙優娜對喬可思說的話靜靜點頭。那只是將幼時懵懂間的念頭，化作夢想的形式而已，受到身邊眾人過度的疼愛，曾經讓沙優娜成為暴君，但她在不知不覺中開始有了愛人如己的想法。沙優娜就是從那時候開始變得懂事。

而且，她那樣的想法至今仍然沒有變。只不過，要說出口實在顯得太過幼稚笨拙，想實現卻又太過困難罷了。

「我……出生當了這個國家的公主。我並沒有打算從中逃避，將來我遲早會只為這個國家而活，只為它奉獻心力。不過——請再給我一點時間。」

「溫德莉莉絲，這話是對我說的嗎？」

「……是的。哥哥，沙優娜一定會變得有出息。不是靠某個國家當後盾，而是自食其力達成獨立，扳倒來自支配國的外力……我會成為那樣的執政者。我不會再讓自己、哥哥，或者任何一名家人犧牲。將來我更要將姊姊找回來這裡。若想達成這些——」

沙優娜吸了一口氣，改站到艾達飛基而前。接者，她深深低下頭。

「——我認為，自己只有變得像你一樣強大、仁慈而聰明才行。」

「唔嗯。」

「賢勇者大人，我能當成報酬奉上的，就是我的未來——所蘊含的一切可能性。我說的並非像以往那樣只會隨波逐流，更沒有逞一時之快的意思。我絕對會成為由你栽培，值得你在萬眾之前自豪的存在。所以，拜託你。請再收我為徒。」

「好啊。我又沒有將妳逐出師門，報酬也可以就此說定。往後請妳要繼續精進自身，以學成出師為目標。」

「答應得這麼輕鬆……阿基，你還是老樣子……」

在心中做出區隔的是沙優娜本身，艾達飛基始終把沙優娜視為徒弟。不過，即使要再次拜師為徒也還是有個問題才對。

尤金代為提出那一個問題。

「不過從王子的立場來想沒問題嗎？這樣的話，你妹又要長期在外了耶？」

明明好不容易才把人叫回來——他在最後補了這句。

然而喬可思「哈哈哈」地輕鬆笑了笑，還當眾聳起肩膀。

「身為兄長，我會希望妹妹過得自由。另一方面，從王子的立場來想，那到底是沒辦法容許的事……雖說，我不知道自己內心的糾葛是否早被看穿。」

「是的。麻煩喬兄遵守約定。」

「……？」

「我個人向賢勇者提出了委託，當時他就已經指定好報酬。」

「老師主動提報酬……？」

艾達飛基原則上不會那麼做，而是只會對委託者提出的報酬點頭或搖頭。因此，沙優娜和尤金腦裡都浮現了問號。

「——**無條件接受妹妹所做的決定**。那就是他對我要求的報酬。」

「那表示……」

「我說過吧，王室同樣欠賢勇者人情。同時，我對他的為人及手腕也有了深刻的理解。既然妳表示還想在智勇兼備的他門下學習——笑著送妳啟程，便是我唯一該盡的責任。啊～換句話說——」

喬可思咳了一聲清嗓，然後微笑。

沙優娜的眼眶泛出淚水。

「妳去吧，絲絲小親親。我會一直等著，直到將來妳實現夢想的那一天。」

——那是哥哥朝自己最疼愛的妹妹道出的肺腑之言。

據說後來當妹妹的便什麼也不顧地撲到哥哥懷裡嚎啕大哭——

至於其中詳情，只有待在現場的賢勇者與行商人才曉得。

《真・最終話　完》

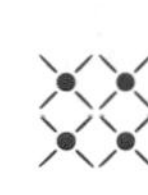

尾聲

Great Quest For The Brave-Genius Sikorski Zeelife

唉，該怎麼說起好呢，一開口就讓人覺得：「又來啦？」

這次咱同樣會從朋友的角度，來替那對笨師徒的故事做總結。到最近，咱已經自負這就跟職責差不多了。各位想想看嘛。將來要是把他倆引發的風波全以文字寫成書，感覺會挺好賣的吧？沒錯，這就好比預先投資，那對笨師徒是咱掙錢用的工具。

……好啦，玩笑就開到這裡，咱目前跟阿耀待在賢勇者的家。

英格爾聖王國——不對，目前仍叫英格爾領。總之那裡發生一連串風波以後，已經過了一段時日。這間房子裡，依舊有那兩個人感情融洽地住在一塊兒。

不過跟以前相比，似乎稍有改變。

「欸，為什麼要找咱過來啊？」

「小生有同感。話說上次來這裡時的記憶怎麼不翼而飛了？你們對小生做了什麼嗎？」

「呃……你們想想嘛，我也不希望一個人送命啊。所以說，要死一起死。」

「從你講得出要拉咱們一起陪葬這種話，就知道你心術不正！」

「艾達～！聽說你們這裡要請客，余就來嘍！」

「唔哇呀！她、她她是誰！」

那個魔王活蹦亂跳地冒了出來，她應該是阿基叫來的吧。看來阿基相當不想自己一個人品嘗那玩意兒，就四處拖了許多人一起下水。話說阿耀應該見過這個魔王的長相才對……唉，算了。

那麼——家事的重新分配。據說賢勇者與徒弟的生活，唯獨這一點有了大幅改變。

而咱們四個，又為什麼會坐在椅子上，還扯到送命或陪葬之類的聳動字眼呢？

「讓你們久等了！」

刺鼻臭味……應該說，臭到足以毀掉鼻子的怪味，隨著那丫頭的開朗聲音一同出現。異臭似乎來自她端的盤子上那坨烏漆墨黑的物體。

「……咱記得沒錯的話，之前那丫頭做的料理好像讓咱們吃過苦頭……」

「要參照卡克優姆村刊載的〈看護與徒弟〉呢。」

「欸，好臭！這什麼鬼，臭死了！咦！小生遭遇生化恐攻了嗎！」

「余嗅到深邃黑暗的氣味哪。」

「……既然如此，阿基。你為什麼還要讓那個恐怖分子下廚？」

「是她主動要求的啊。她說自己不想再當一個飯桶。」

公主對廚藝一竅不通很合情合理吧。畢竟貴為公主啊。

——而這套道理，可以直接套用在沙優娜身上。沙優娜所做的料理具備足以破壞人體的威力，那已經不是難吃與否的問題；倒不如說，要怎麼做才能端出那種料理反而令人好奇。不過咱就算知道了也無法幫助她增進廚藝，因此咱已經死心了。

過去燒飯洗衣都是阿基負責，而丫頭主動做起那些事。家事的分配會有所改變，都是因為徒弟萌發了自立心。

從這種改變將有進一步的成長——據說阿基這麼認為，所以才每天像這樣任由那丫頭破壞內臟的功能。最近每次看見他都更加消瘦，再不認真叫那丫頭住手的話，或許下一次跟阿基見面就是在他的喪禮了。

「今天呢，我試著烤了餅乾！」

「看起來……唯獨『烤』這個過程並沒有錯……」

「但是啊，尤金。在乾硬物體中隱約看得見神祕的黏稠物呢……」

「咳！咳咳咳，嘔嘔嘔！唔嘔！」

「嗯！艾達，你打算用這個除掉誰？」

阿耀在支氣管方面格外脆弱，另一邊的魔王則不是人類而有了獨特的解讀。

名為餅乾的那些物體，每一坨都黑漆漆的。黑得跟那個叫荷馬傑克的大叔乳頭有得比。

而且她還細心按照人數準備了尺寸特別大的餅乾。

啊啊，想起大叔的乳頭就更沒有食慾了……

「這兩片是奶油餅乾，然後這兩片是巧克力豆餅乾！」

「原來口味還有區別啊……」

「咱眼裡看起來倒像夭折的四胞胎……」

「嘶唔唔唔唔……咳噫噫噫噫……（喘氣）」

「雖說外表看起來確實有一點矖黑的感覺——」

「在名為烤箱的日光浴沙龍裡究竟發生過什麼呢……」

「咱看是墮入魔道了吧……」

「（昏迷）」

「艾達！余也是魔道中人喔！」

阿基找她來幹嘛？

「但是味道我可以保證！請你們吃吃看！」

妳自己先吃啦……雖然咱想這麼回話，阿基卻看了過來，所以只好作罷。

說來說去，這傢伙還是寵徒弟。有別於在咱和阿耀面前，那種對老朋友展現出的和善或好心腸。那恐怕是他的父性，要不然就是母性吧。

徒弟有所長進，為師的也跟著有了奇怪的成長。

雖然咱不想用完人來形容阿基，但是接近完人境界的他，能夠像這樣逐漸改變，咱覺得莫名欣慰。這一點咱絕對不會顯露出來就是了。

「啊～這麼說來。吃這玩意兒之前，咱有件事要跟ㄚ頭確認。」

「尤金先生有事情……要跟我確認？」

「拖延是不好的行為喔，尤金。」

「少囉嗦！吃下去以後大概就沒辦法講話了，所以咱才要先講啦！」

基本上，咱會來這裡就是為了確認那件事。咱是有事而來的。

咱的父性和母性並沒有深厚到樂意來這裡吃要人命的料理。

所以，咱朝愣住的那ㄚ頭伸出一隻右手。

「之前說過吧？咱為妳撐腰是要收費的。」

「確實是那樣沒錯……」

「咱要先跟妳討這筆帳，現在就付錢。先說清楚，咱跟阿基不一樣，想拿可能性之類的無形之物充數的話，咱可不收。現金才是人世間的真理。」

「…………」

「沙優娜稀少的零用錢要被剝削了呢。照這樣看來，只能當個願意上軟墊服務的女主角才行了——」

彷彿要打斷阿基的發言，那丫頭向前朝咱踏出一步。

她臉上顯得自滿滿滿。感覺讓人很火大……

「——我闖出名堂以後就會付！」

「……嗄？」

「你沒聽見嗎？我說等我闖出名堂以後就會付！因為我手頭上並不寬綽！」

「不，咱有聽見啦！妳瞧不起人嗎！」

「尤金。」

「怎樣啦！這件事跟你沒關係，一邊涼快去！」

「沙優娜是說她闖出名堂以後就會付喔。」

「就說咱聽見了吧！信不信咱宰了你！」

「喂，變態！想殺艾達的話，先跟余交手！」

要咱打到妳哭是嗎，實力平平的魔王……

——咱是生意人。金錢交易對咱來說是家常便飯。

而做交易時，要是碰上彼此打了正當契約，卻沒付出代價的厚臉皮傢伙，咱都會用拳頭致意。在商界走跳，被看扁的話就沒戲唱了。

一旦被人認為這傢伙的帳能賴，身為一名商人就可以入土為安了。

因為如此，咱把拳頭扳得咯咯作響。

「請、請請、請等一下！雖然我說過會付錢，但並沒有講好什麼時候要付吧！換句話說，何時付錢全都操之在我……！」

「利根川當時還是強者才能標榜那套理論，不過妳要用同一套對付身為指定暴力行商團的尤金，我想會相當困難喔。」

「別把咱講成反社會的存在！混帳……妳什麼時候才會闖出名堂來啦。咱到時候再跟妳收帳。」

「呃，這個嘛……老師，你覺得是什麼時候？」

「我想想——」

阿基嘟噥著陷入沉思。

他瞥向那坨黑黑的玩意兒，所以咱總覺得有不好的預感。

「——有朝一日，要是他嘗過這種餅乾會大讚好吃，應該就可以說妳闖出名堂了。」

「原來如此！那以後尤金先生來的日子，我絕對都會烤餅乾！啊，不過基本上今天烤的也很好吃才對……到時我會立刻付清的。」

「喂……！咱可不要……！咱已經打定主意，只吃這麼一次了……！」

「可是，那樣你不就無法確定她是否闖出名堂了嗎？還是說，這筆帳該不會可以賴掉？那我們倒不介意。」

「……混帳傢伙……」

換句話說，你打的就是這個主意嗎？表示你也不希望每次都獨自遭殃，所以今後還要把咱拖下水嘍？拿徒弟當藉口。

咱使勁搔了搔自己的腦袋。既然話都說到這個分上，那就來啊。咱也是個男子漢。這表示咱說得出好吃就可以收錢吧？說完以後，咱要跟這丫頭多收十成的費用。

「那麼尤金，我們數一、二、三就吃下去。」

「囉嗦！咱連你跟阿耀的份都一起吃，東西拿來！」

「尤金先生好貪心喔。連老師你們的份都沒了。」

「沒想到有人這麼獨具品味，真是好心。」

「咱就說這好吃——」

那麼——咱記得的部分只到這裡。

之後發生的，就是那對笨師徒外加咱在將來的故事。

讓人有許多想法，卻又全然不明白後來變得怎麼樣。正因為不知情，才有想像的餘地。之前也提過，這就是咱的一貫主張。

夢想這玩意兒，也是因為不知道能不能實現才會去挑戰吧。畢竟對於結果明顯可見的事，根本沒有人願意拚命。

所以說，被迫吃了要命玩意兒的咱，在最後要交代一句。

她的夢想何時能實現，咱完全不曉得，就這樣。

《完》

後記

初次見面，我叫有象利路。本次有幸讓您解囊買下拙作，實在感激。感謝讀到這裡的讀者，也希望從這裡讀起的讀者能享受到樂趣。

本作在我的寫作生涯中算來是第三本作品。儘管上一集的後記聲稱過「單本完結」，卻又出了第二集當真正的完結篇。這全要拜各位讀者支持所賜，請容我借用此處向大家致謝。

實際上，本作第一集上市後獲得了撰寫時未曾預料的迴響，讓我體會到寫出危險的作品自有應得的反應。坦白講，我打算在第一集結束，說起來是抱著寫完就溜的念頭下筆，卻能夠像這樣續寫理應完結的故事，對作家來說成了難能可貴的經驗。此外退稿數量驚人，還有在最後關頭才緊急更動原本已經定案的副標，我也會當成寶貴的體驗。

不過，第一集是我磨耗肉體與作家生命才寫出來的，第二集卻被要求更上一層的內容，因此這次連本身的靈魂都耗盡了。我能消耗的東西已經絲毫不剩。現階段我能明言不會推出第三集，但是萬一發生狀況而被迫動筆的話，到時候我究竟會落得什麼下場呢……若有那種情形請取笑我。

關於正篇內容，我希望能避免透露劇情，因此能談的不多。創作時銘記在心的部分——是要寫出超越上一集的成品，但有沒有超越則要委由讀完的各位判斷。在此我能夠斷言的，頂多只有自己在這近一年的時間當中，都只管把心力花費在提升自身搞笑本領以及拿捏笑料上面了。

最後請容我致謝。即使在正篇被當笑料仍願意陪笑包容的責任編輯阿南先生與土屋先生（我在反省了）；在男女比例失常的本作中依舊繪製了精美角色陣容的かれい老師（謝謝老師帶來的土產）；這次果然還是被當梗的廿冂醬油老師（真的對不起）；對於其他在作品中被消遣到的各企業、團體與個人，我借此獻上歉意。（若有怨言請洽電擊文庫編輯部……）

還有，對於撥冗試閱本作的朋友細野、岡本與五名學弟，更重要的是願意奉陪到最後的各位讀者，我都要再一次致上最高的感激與謝意。

本作屬於原先並無規劃要推出的續集兼最終卷，因此正如之前所述，後續的內容是一片空白，而這部作品問世後會發生什麼事，到底是我全然無法預料的。這方面若有消息要宣布都會在推特上通知，所以各位不嫌棄的話請加追蹤。（露骨的再次宣傳）

那麼，衷心感謝您能讀到這裡。若有機會，務請再度賞光。

有象利路

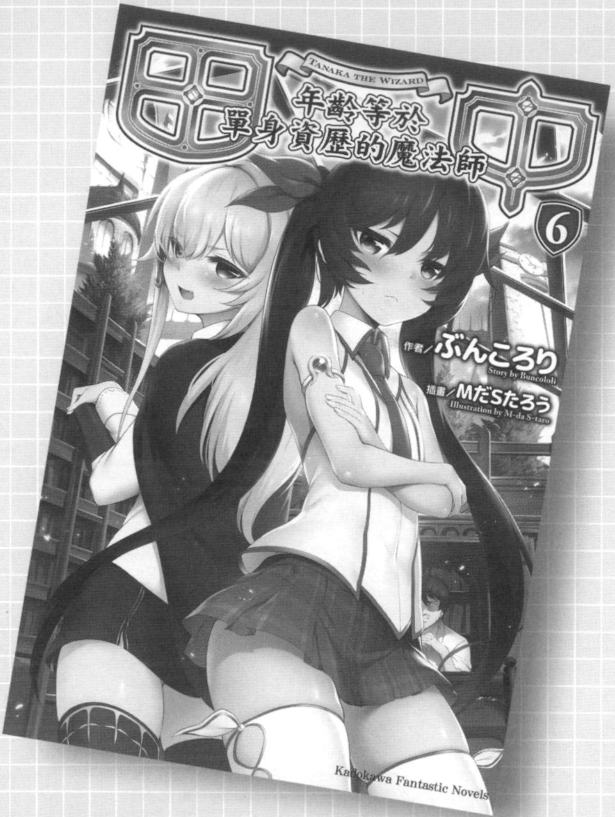

田中～年齡等於單身資歷的魔法師～ 1~6 待續

作者：ぶんころり　插畫：MだSたろう

受國王之命前往學園都市參加會議，
卻意外被甜美可人的JC告白了！

費茲克勞倫斯家大小姐因故而喪失記憶，費茲克勞倫斯公爵與田中為此鬆了口氣。他帶著一點點的遺憾領命代表國家前往學園都市參加對抗魔王會議，卻在那裡巧遇故人，還認識了可愛的JC！什麼！田中的春天終於來了嗎？

各 **NT$240~260/HK$80~87**

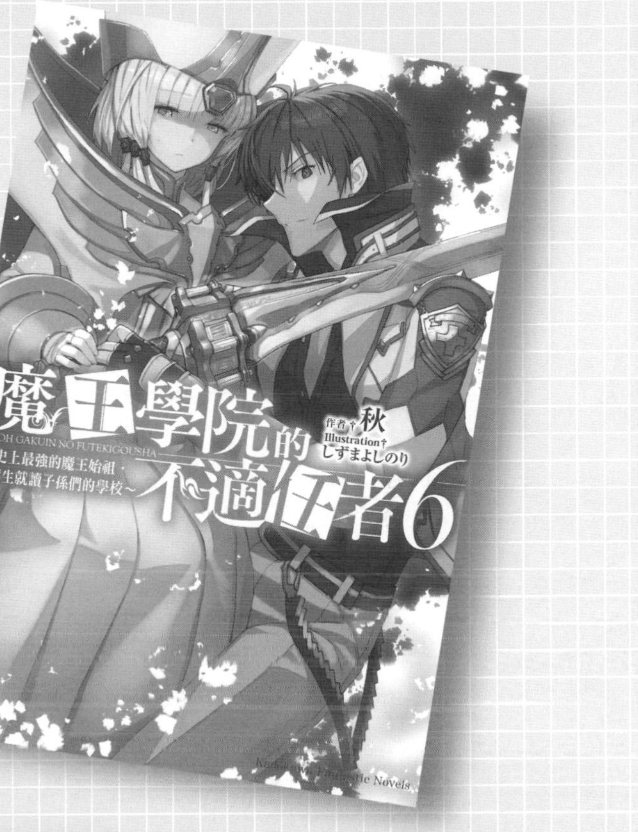

魔王學院的不適任者~史上最強的魔王始祖，轉生就讀子孫們的學校~ 1~6 待續

Kadokawa Fantastic Novels

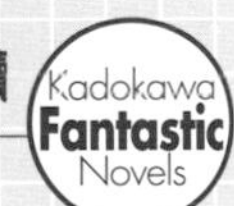

作者：秋　插畫：しずまよしのり

不知是偶然還是某種因果，
究竟是真實還是謊言——

為了回想起轉生時缺失的記憶，阿諾斯潛入自己的過去。夢中的自己比現在稍微稚嫩且不成熟，但是為了守護重要的妹妹挺身而戰。與此同時，阿諾斯來到神龍國「吉歐路達盧」，統治該國的教宗戈盧羅亞那卻宣稱亞露卡娜是創造神米里狄亞的轉生！

各 **NT$250~320/HK$83~107**

國家圖書館出版品預行編目資料

賢勇者艾達飛基.齊萊夫的啟博教覽. 2 : 愛徒沙優娜與這次先放你一馬 / 有象利路作 ; umon譯. -- 初版. -- 臺北市 : 臺灣角川股份有限公司, 2022.03
面 ; 公分. -- (Kadokawa fantastic novels)
譯自 : 賢勇者シコルスキ・ジーライフの大いなる探求 痛～愛弟子サヨナと今回はこのくらいで勘弁しといたるわ～
ISBN 978-626-321-290-9(平裝)

861.57 111000558

Kadokawa Fantastic Novels

賢勇者艾達飛基・齊萊夫的啟博教覽 2

～愛徒沙優娜與這次先放你一馬～

（原著名：賢勇者シコルスキ・ジーライフの大いなる探求 痛～愛弟子サヨナと今回はこのくらいで勘弁しといたるわ～）

2022年3月21日　初版第1刷發行

作　者：有象利路
插　畫：かれい
日版設計：Kai Sugiyama (Kusano Design)
譯　者：umon

發行人：岩崎剛人
總編輯：蔡佩芬
編　輯：彭曉凡
美術設計：莊捷寧
印　務：李明修（主任）、張加恩（主任）、張凱棋

發行所：台灣角川股份有限公司
地　址：104台北市中山區松江路223號3樓
電　話：（02）2515-3000
傳　真：（02）2515-0033
網　址：www.kadokawa.com.tw
劃撥帳戶：台灣角川股份有限公司
劃撥帳號：19487412
法律顧問：有澤法律事務所
製　版：尚騰印刷事業有限公司
ＩＳＢＮ：978-626-321-290-9
